Avianti Armand

Avianti Armand

Perfect
& Other Short Stories

English translations by Marjie Suanda
German translations by Lydia Kieven

Avianti Armand
Perfect & Other Short Stories
(a trilingual edition in English, German, and Indonesian)
Copyright to Indonesian-language stories © 2015 Avianti Armand
Copyright to all English-language translations © 2015 Marjie Suanda
Copyright to all German-language translations © 2015 Lydia Kieven
Copyright to this edition © 2015 The Lontar Foundation
All rights reserved.

No part of this publication may be reproduced or transmitted in any form
or by any means without permission in writing from
The Lontar Foundation
Jl. Danau Laut Tawar No. 53
Jakarta 10210 Indonesia
www.lontar.org

BTW is an imprint of the Lontar Foundation

Editorial Team:
John H McGlynn (Senior Editor)
Yusi Avianto Parcanom (Indonesian-language Managing Editor)
Nirwan Dewanto & Nukila Amal (Co-editors)
Pamela Allen (English-language Managing Editor)
Jan Budweg (German-language Managing Editor)
Saira Kasim & Wikan Satriati (Editorial Assistants)

Publication of this book was made possible, in part,
with the generous assistance of BNI 46

Partial funding for its translation was provided by
the Translation Funding Program of Badan Pengembangan
dan Pembinaan Bahasa,
the Ministry of Education and Culture, the Republic of Indonesia.

Design and layout by Emir Hakim Design
Printed in Indonesia by PT Suburmitra Grafistama
ISBN No. 978-602-9144-81-9

Contents

vii | Publisher's Note
xi | Introduction

3 | Perfect
17 | Butterfly
29 | The First Woman
35 | Morning in the Park
45 | Party

59 | Vollkommen
75 | Schmetterling
89 | Die erste Frau
97 | Morgens im Park
107 | Party

123	Sempurna
137	Kupu-Kupu
149	Perempuan Pertama
157	Pagi di Taman
167	Pesta

| 179 | Publication History |
| 181 | The Translators |

by the way...
(a note from the publisher)

Since its establishment in 1987, the Lontar Foundation of Jakarta, a non-profit organization devoted to the promotion of Indonesian literature, has focused on the goal of creating a canon of Indonesian literature in English translation. With that as its mission, the Foundation has published close to 200 books containing translations of literary work by several hundred Indonesian authors. In its 28 years of existence, Lontar has published numerous significant and landmark works. By the end of this year, 2015, for instance, Lontar's Modern Library of Indonesia series will contain fifty titles by many of Indonesia's most important authors, with representative literary work spanning the entire twentieth century and beyond. These titles, together with *The Lontar Anthology of Indonesian Drama*, *The Lontar Anthology of Indonesian Short Stories*, and *The Lontar Anthology of Indonesian Poetry*—the latter two of which will be published this year—will make it possible to teach and foster appreciation of Indonesian literature anywhere in the world through the medium of English. Further, with changes in print technology, Lontar's titles are now available throughout the world in a matter of days and for a fraction of the cost in former times.

The authors whose work Lontar has published are recognized by both foreign and Indonesian literary critics and literati as some of the best writers Indonesia has ever produced. Naturally, however, given the scope of time covered by Lontar publications (from the late nineteenth century to the present) many of these authors are now elderly or already deceased. Which is why Lontar has now developed a new imprint, BTW Books, through which the Foundation will now begin to introduce to the world other talented Indonesian writers whose work is hardly known outside the country's borders yet has been deemed by both literary critics and Lontar's editorial board to be worthy of international attention. (In general, authors who already have one or more books available in translation, either in English or another major international language, were not considered for inclusion in this, the first stage, of the series.)

Because of the abundance of talented Indonesian authors, the selection of the first 25 authors was difficult to make, but Lontar's hope is that if the series proves successful in achieving its goal, the Foundation will then be able to produce translations by another 25 authors and then another 25 authors and so on in the years to come.

Because of the not-for-profit nature of Lontar's work, none of Lontar's numerous ventures would be possible without the generosity of others. In the case of BTW Books, Lontar is especially grateful to BNI 46 for its generosity in underwriting a large percentage of the cost of this series' publication. Lontar is also grateful to the authors in this first stage of the series who, in their knowledge of the promotional nature of this series, agreed to forego royalties and other forms of monetary recompense. Lontar must also thank Emir Hakim and his design team; the many talented translators who contributed much valuable time to this project; and, last but not least, my editorial board and staff who selflessly devoted themselves to the goal of making this project a success.

John H McGlynn

Introducing Avianti Armand

Avianti Armand is a writer, architect and curator. Since 1992 she has written architectural reviews, and in 2008 she became seriously involved in her long-held interest of writing poetry and short stories. Avianti's work in architecture and literature has gained her widespread recognition and a number of awards.

Her sensibility as an architect is evident in her writing, with the appearance of the physical features and spaces of the modern urban landscape, from flyovers, the spaces under bridges, slum alleys and other narrow spaces in the capital, airports, seedy bars and cafes, to the varied details of those spaces: terracotta floors, lacy lampshades, or a 'curtain with no color left'. In these urban landscapes we encounter residents of a metropolitan city as the protagonists. These urbanites come from various backgrounds: they range from single women, housewives, children, prostitutes, couples cheating on their partners, to jetsetters at a swingers' party. As they move through different events they demonstrate the spectrum of moods found in the psyches of modern urbanites: the futility of people busying themselves in the rhythm of the city, stories of love going nowhere, sparks of hope though almost no breakthroughs; the choices in life that one encounters. And through all of that the city is merely a backdrop, a large inhabited space that is neither caring nor gentle towards its people.

Avianti's short stories are written in melodious lyrical prose. With women frequently the main characters, she writes about the voices of women in different situations and periods. She does not only write about contemporary women; she also writes about women of the past with biblical references, for example in the collection of poems *Perempuan yang Namanya Dihapus* [Women Whose Names have Been Negated, 2010], or in the short story "The First Woman" ("Perempuan Pertama").

Avianti Armand has written two collections of short stories, *Negeri Para Peri* [*Land of the Fairies*, 2009] and *Kereta Tidur* [*Sleeping Train*, 2011]. *Perempuan yang Dihapus Namanya* won the Khatulistiwa Literary Award in 2011, and her short story "Pada Suatu Hari Ada Ibu dan Radian" ["One Day, There was Mother and Radian"] was selected as the Best Short

Story by *Kompas* newspaper in 2009. As an architect, she has published the book *Arsitektur yang Lain: Sebuah Kritik Arsitektur* [*Other Architectures: A Critique of Architecture*, 2011] and she has coauthored several other books. In 2008, she and her husband won an award for their home. She has been curator for several architectural exhibitions, including Ruang Tinggal Dalam Kota [Living Spaces in the City, 2009], Pameran Nasional Arsitek Muda [National Young Architexts Exhibition, 2010], Andramatin: a Sequel (2012) and most recently the Indonesia Pavilion at the Venice Biennale (2014). Besides her activities as a writer, architect and curator, Avianti is a lecturer at Pelita Harapan University. She lives in Jakarta.

Nukila Amal

Perfect

I studied her closely like a researcher studying a blood sample under a microscope. For someone like me, who barely has time to wash her face before going out, what she had done to her appearance amazed me.

Six fifteen. My hair was tied back with the rubber band from an instant noodle package. Her hair was neat with a curl hanging over her shoulder. My eyes were watery from lack of sleep. Her eyelashes were super tapered with eye shadow in two colors like the shirts of the Barcelona football team. My lips were dry and cracked. With special gloss, she was able to make her lips as sexy as Angelina Jolie's. I was wearing a shabby corduroy jacket. She was wearing a close-fitting indigo turtleneck sweatshirt. The tears in my jeans made it hard to call them pants. Her straight black trousers had sharp symmetrical creases in the front. On her feet, pointy, shiny loafers. I still smelled of dry spit. She was fragrant. From meters away I caught a whiff of Angel by Thierry Mugler.

Overall, Lara represents what personal development institutions call 'perfection'. Standing facing one another in the boarding lounge, we were like Cinderella before and after the fairy godmother bewitched her. It isn't hard to guess who is who.

"You got up at three o'clock." I said accusingly. "How'd you know?" She was surprised. "Psychic," was my flippant reply. I had calculated it. Minus the time it took from the airport to her house, minus the time to do her make up, she must have gotten up at three. At that time I was still dreaming of hunting pigs.

Then we sat down next to each other. Well, not exactly. There was a spare seat between us. Her large Cabat bag was elegantly perched on it. Without my asking she told me why she's going to Singapore. "I'm going to see my boyfriend." She said it coyly, like a little girl caught red-handed falling in love. "I want…" "My boyfriend will pick me up." She was clearly not interested in my reason for heading to the same destination. So I said nothing. Her story poured forth, unstoppable.

The guy's name was Thomson, from Britain. His full name: Gregory Chabris Thomson. Lara called him Greg. They had met at a literary festival in the Netherlands the year before and immediately fell in love. She showed me the wallpaper on her cellphone. A photo of her lover. He was certainly handsome with a strong, sculpted face and intelligent eyes. His skin was a little dark for a Caucasian. In the photo he was wearing a short sleeved khaki shirt and dark brown shorts. Like a scout uniform.

Since then, they had been like flight crew doing the trans-Atlantic run. Every two months Greg would visit her in Jakarta or she would visit him in London. In one year, Greg had already flown to Indonesia six times and she had flown to England six times. I shook my head in disbelief. This was truly love at a high price. "Love doesn't keep tabs, Restu." I wasn't so sure. Love these days is a calculated thing. Don't end up at a loss when it stalls mid-course. Or maybe I had never fallen in love.

Her eyes opened wide in surprise. I was tempted to explain my ideas about love, but stopped myself. There was no use discussing them with a woman half drunk with love; and it really was as if she was intoxicated. She rocked back and forth. She had a pereptual smile on her face, as if there was a hook in the back of her ears that pulled her lips up, preventing any change. Eyes closed, in an unsteady voice she said, "Finally I've met the person who I really, really love and who loves me. It's perfect!"

As I recall, this was the fourth time I had heard her utter that sentence. Maybe she was forgetful. An embrace atop the London Eye had perhaps blinded her to the past. A kiss under London Bridge may have been enough to banish nostalgia.

But why Singapore? Not London or Jakarta? "I don't know. Greg wanted it that way. But I have a hunch something special is going to happen." I don't believe in hunches and the only thing that is special in my opinion is fried rice. "There's something very important that Greg wants to say to me." With the advances in technology, Greg chose to fly from London to Singapore just to say something? Of course I didn't say this. Lara appeared to be thinking for a moment. She moved nervously in her seat. Suddenly she whispered, "I think Greg is going to propose to me." I frowned. "You sure?" Lara nodded. "He's been a bit strange about meeting this time. But if it happens," she stared at me with her lips trembling, "I'll be the happiest woman in the world."

Drama queen. But I've known her for a long time, so I wasn't surprised. I grasped her hand and said hopefully it would happen. The call for boarding ended our discussion and we parted. The drama queen was in business class. Economy was only for common women who never dreamed of falling in love with a handsome prince. Only hunting pigs...

It's a small place, Singapore. It didn't surprise me to come across Lara and a man sitting drinking beer at Holland Village. The sun was already low in the sky, but it was still hot. Even so, Lara's makeup was complete, like the Central Javanese dish *gudeg komplit*, which must include a set number of components. A hard boiled egg cooked in sweet sauce. Cow skin cooked with chilis. In her case, black mascara. Plumping lipstick. Hair pinned up with the curl falling neatly at the nape of the neck.

There were not many people around so they spotted me instantly. Lara waved enthusiastically. I approached, somewhat reluctantly. She welcomed me warmly and introduced the man beside her as her 'boyfriend'. "Greg," he said shaking my hand. I had guessed. "Nice to meet you." Greg looked tense.

Lara urged me to join them. I politely declined with the excuse that I wasn't really thirsty and I wanted to walk another two kilometers. I squeezed the bulge of tummy to show the excess fat that I had to burn off. Feigning regret, I left them. Of course I didn't walk two kilometers. I turned at the next block and sat down in the least visible seat in the most dimly lit bar I could find. I ordered a plate of calamari and a bottle of cold beer. After two gulps, I felt I had been wrong in lying to Lara. But I've never felt comfortable around her.

Lara is the dream daughter. Her mother and my mother are distant relatives which makes she and I very distant relatives. But routine family gatherings in the past meant that we would meet once a month. At those meetings, the mothers always compared their children, so that I felt like a cow at market where my price depended upon the condition of my teeth. Lara's mother always dominated the conversation. Maybe because she had so much to be proud of. "It just so happens Lara is the school's top ranked student… it just so happens Lara's poetry has been published in the Sunday paper… it just so happens Lara was chosen to represent the school in a singing competition… it just so happens next week Lara has a piano recital at the performance hall…" What a lucky family they were, with all those chance happenings.

Lara never played with us, the children her age. She always sat calmly beside her mother, accepting the praise with a smile as sweet as candy. She would stay looking pretty until the gathering was over, while the rest of us, after climbing trees, exploring gutters, playing tag, and fighting, would head home in a bedraggled state. I was never bothered by the family gatherings, but always suffered afterwards. The trip home would be filled with a lecture from mother titled, "How to be a Good Daughter". The example never changed; it was always Lara. I didn't want to become Lara. To me, she was her mother's doll. I was resentful and didn't understand why mother wanted me to become a doll.

At one point, I was so annoyed that I suggested mother swap me for Lara. Mother said that family can't be swapped. I said that was a pity. Because if I could, I would swap her. My mother was shocked. For whom she asked angrily. For the Goddess of the South Seas, I answered calmly. I got soundly punished for that. Every day after school for the next month I had to go to Lara's house. I protested. But mother had conspired with Lara's mother to change me. I couldn't fight it. Every day she would pick me up from school, take me to Lara's house, and pick me up again at 8 PM.

But Lara liked it a lot. Although we were both only children, my house was always noisy with kids from the neighborhood. Lara's house was always quiet. There was only the servant and a cat named Princess. Lara had lots of books, but almost no toys. "I have one doll," she said and she brought out a cloth doll from a drawer in the cupboard. "I'm Aral," she said in a small voice. I was startled. It was the most frightening doll I had ever seen.

Aral no longer had any fingers. "I punished her. She couldn't play *Traumerei*. Hopeless, yeah?" *Traumerei*. Robert Schumann. Opus fifteen number seven. She punished her doll because she couldn't play the piano. I didn't have the heart to look at Aral's hairless head. "I pulled her hair out. She can do her mathematics better with a bald head." I didn't dare ask about the pin stuck into Aral's eye. Later I realized that Aral was Lara spelled backwards.

We were twelve at the time. After a month at Lara's house I was no longer annoyed with her; instead I felt sorry for her. She almost never played. Her days were taken up with various lessons and studying, and collecting trophies and awards that were then displayed in a large cabinet in the living room. It was almost full. She seemed pleased with all her achievements. But several times I found her crying into her pillow. "What's wrong?" I asked. "I'm tired," was her brief reply.

After that, I hardly ever saw her. Family gatherings were no longer the trend and Lara was sent to school in Singapore. Then to Australia. Then to America. But she often wrote me letters. Sharing her stories. About everything. School, her grades, and the boys who adored her. I wasn't surprised. She was so beautiful. She had lots of love stories that always began dramatically. Meeting in the rain. A romantic conversation on an evening train. Handsome princes that saved her from the dragon. What I couldn't understand was that her love affairs always failed.

Once she told me about how she broke up with one of her boyfriends. It was Valentine's Day and her boyfriend arrived late, although she had prepared the perfect surprise dinner. She had been cooking all day, had bought expensive champagne, and was wearing a dress that had emptied her wallet. The young man arrived past midnight, apologizing for being late because he had to take his father, who had had a stroke, to hospital. Lara just slammed the door in his face. The next morning she went to his house and threw dog shit she'd gotten from a nearby pet shop at his window.

The last time I had met her was at a wedding reception. She was still pretty, had been married, then divorced, and was in a relationship with a famous poet. "He really inspires me," she said with a twinkle in her eyes. "I've finally met someone who I really love and who loves me. It's perfect!" They lived together for seven years, then broke up.

My calamari had gone cold and my beer was warm. Suddenly I had lost my appetite. I paid the bill and went back to the hotel.

It was almost nine o'clock. The letters in the book slowly but surely had lost their meaning. Just a row of alphabet growing more and more blurred. I knew my eyes had to surrender. The TV was turned on but the sound was turned down. I was about to hit the off button when a strange news item came on the screen.

A completely naked man on the twelfth floor balcony outside a hotel room. The door behind him was closed. He was clearly locked out. The camera tried to get a clearer picture of his face, but he kept trying to cover it up. The camera moved to focus in on the conditions around the hotel. Below, a noisy crowd was gathering. A fire engine could be seen approaching the location, pushing apart the crowd enjoying the entertainment.

The camera took a shot of the man once again. This time he forgot to cover his face. Or he was getting cold, because his arms were tightly hugging his body. Giving up, he squatted in a corner of the balcony, to get out of the harsh wind. The camera zoomed in. I nearly choked. It was Greg. My drowsiness disappeared in a flash. My eyes couldn't be wrong. Even without his clothes, I recognized him.

The fire engine began to extend its ladder, which turned out to be not long enough. The officers looked confused. They gathered around the truck. Occasionally they pointed upward. The camera moved to a reporter with an anxious expression on his face. I picked up the remote control and increased the volume. The reporter said that the hotel staff were negotiating with the woman who occupied the room outside of which the man was trapped. They did not dare to break down the door to the room because the woman had threatened to commit suicide.

I could hardly believe it. I reached for my handphone. It only rang once before I heard Lara's voice on the other end. "What happened?" She laughed. A really dry laugh. It gave me goosebumps. "He's getting married, Restu." Lara said 'he'. Not 'we'. Her voice was flat and without emotion. "You're not going to kill yourself, are you?" I asked quickly. I didn't know what else to say. "Of course not," she replied, "but this is our last night together. I just want Greg to remember it well."

Then she related all the details in no apparent hurry. They had eaten dinner. Greg had announced his intention to leave Lara. He had met a woman who had turned his world upside down. He wanted to marry her and live with her till the end of time. Lara took it all well. Then she asked Greg to make love to her for the last time. A kind of farewell. The man couldn't refuse. Maybe it was lust. Maybe he felt sorry for her. They went upstairs to Lara's room. They got undressed. And began kissing. Lara asked Greg to open the door to the balcony. She wanted to make love with the city as a background. The unsuspecting Greg did as she asked. He opened the door. Lara pushed him out and locked the door from inside. She ended the story with a dry laugh.

I was bewildered. I really couldn't believe it. "Restu," she continued in a cheerful tone, "this is truly perfect!"

Butterfly

Now and then you come across something unusual in the sky. A line of white that is neither clouds nor light. Like a line passing by, its origin and ends are obscure. It's there and it's gone. Sad quivers from afar that then approach, until I can see, millions of tiny flapping wings. Swarm. Scatter. Then fall like flakes of snow.

How many butterflies are there in this country?

The night is still forbidding. A heavy rain falls. From the city's edge, wind squeaks rusty metal. The sound slices, slipping into the sides of people's heads as they rush home, go out, or just dodge the sharp tapping of raindrops on their heads. They complain because they are forced to take shelter. But rain is good to wash clean all that is shabby: leaves, sidewalks, seedy alleys, tin roofs and windows. One opens suddenly. Not fully, just a bit. Behind it stands a girl. The yellow light of a mercury street lamp sneaks lazily into the room.

She lets out a long sigh. Her body is sore today. She is not weak, just tired. But I'm not complaining, she whispers, perhaps to the windowsill with its paint peeling here and there. Everyone has to sell something to stay alive. Some sell dreams, some their sweat. She sells sweaty dreams. That's fine in a world in which everyone takes what they need. And she is not ashamed, although she will keep lying. It is more of a shame to have nothing to sell. Nobody really likes honesty, anyway. The hint of a bitter smile restrained, perhaps for the curtain with no color left. Don't think twice about lying, she says, fairy tales and fairy lands are real, aren't they?

Then she laughs hoarsely. The window is wide open. She puts on tattered wings, and flies. Wind and water immediately rush at her. Cold though not chilling. She dances between blue and specks of purple. A star falls, and snowflakes too. Her body is suddenly drenched. Beneath her, the rotten, muddy city moves along unfazed, casting a light that endelssly cuts lines through the rain. Soot floats freely in the air, coating everything in layers of gray.

But she rejects the gray. Also everything white. She has put red on her lips and pink on the twenty nails of her hands and feet. She daubs green on her eyelids, and crimson on her high cheek bones. Then she ventures out into the dark. Full of color, no longer white. Aren't I pretty, she asks. The wind blows playful whistles of agreement. More than just pretty, you are enticing.

The girl floats and dances, with slightly torn, rainbow colored wings. The wings flap, though heavy and wet. She dances across a flyover and flying cars, also under a bridge, then she stops, caught in the naked branches of a tamarind tree. Perhaps one of just the few still left in the city. Beneath her feet, small shadows flash by like ghosts.

In this city, I am not the only one. I don't know how many, although we do know each other. But when night begins to fall and desires rise, black hands will release us, to burst forth from the narrow cracks and crannies of the city which are ever-changing. Put on your masks, friends. Tonight we party. This city never sleeps, and there's always someone who needs to be entertained.

This city? I call it: This jungle. Just look. Clouds are caught on the tapering tips of trees and thousands of fireflies have flown away. Just listen to those ancient sounds. Animals have awoken and are hungry. I will fly and stop at every place that calls my name.

In those gigantic trees live pigs with chubby bodies and layers of fat. Pigs that like the small apples on my chest. With snorts and squeals, they will lick and gnaw at them. They're so greedy, those pigs. Their spit dribbles down leaving a lingering rotten odor. But never fear, these pigs are also generous and they never get angry. Afterwards you will be able to buy fragrant soap and a pair of glass slippers. Their sparkle will make you forget.

Not far from there, just a stone's throw away, you will find doghouses hidden behind a thorny bush. Be careful. Those thorns once tore at me, making me no longer whole. Do you hear that howling? That's the sound of the wild dogs that can't wait for a chance to play. They say horsey-like. I say, doggie-like.

"Wait your turn!" I scold.

A line quickly forms; such obedient dogs they are. One by one they will ride me with passion, racing against the wind or some invisible demon. But they are quickly exhausted, those dogs. One by one they give up, they vomit, then they collapse. They will taunt me, "Dog!", so as to make me the same as them. But I am not a dog, just a butterfly with slightly torn, rainbow colored wings. The dogs can't hurt me. Not with their tails tucked between their hind legs, and their tongues always hanging out. I will fly off, before they have a chance to bark.

Then I will alight at a large house in the middle of the forest. There waits an old wolf who has lost almost all his teeth. He will be Grandmother and I will be Red Riding Hood. He will wear a headscarf and nightgown with long sleeves to cover the thick hair on his arms, and a wide scarf to cover his muzzle. I'm ready with a riding hood dyed bright red. He will hide under a blanket, I will knock at the door. Rap! Rap! Rap!

"Who's there?"

"It's me, Red Riding Hood."

"What have you brought me?"

"Just my body."

"What can you do?"

"Me? I can be very naughty."

The wolf will let me come in and do whatever I want. Pull at the blanket. Jump up and down on the bed. Scream and shout. Even turn the chairs upside down. He just waits, to punish me. On that overturned chair, the old wolf will tie me up so that my back is exposed. Never too tight.

Naughty girl, he snarls, slapping my bottom. Again and again. Naughty girl, he scolds, whipping my back. Again and again. Naughty girl, he sighs, penetrating me. Again and again. With eyes closed and a toothless grin. I will pretend to beg. Have pity. Have pity. He will quickly finish and fall asleep. Afterwards, I must cover him with blankets. Old age has made him sensitive to the cold. Then I can go home, with a basket of red apples and bread for a month.

But at the edge of the forest, someone has lit a fire. The smoke seeks out the sky and steals attention. A circle transforms into the moon, then sets behind layers of dark green. There is faint music playing in the distance. Plaintive drums and tambourines. The twang of the timbrel and claps of castanettes. Sounds sneak in from behind the black tree trunks and echo on the leaves. Sounds scatter across the forest sky, concealing their direction and origin.

I know that at the edge of that forest a Magic Circus is waiting. With flying elephants and talking birds. A two-headed lion and pickpocket monkey. A horse with horns. Small dragons. A human who is half goat. A group of strange clowns and Siamese twins who only enjoy rubbing against one another. An old gypsy, the blind fortune teller. At the entrance, you don't have to pay, just surrender your fate into the fist of a hefty executioner with a wild orchid tattooed on his arm.

There is a sudden gust of wind, making the stars fall and instantly turn to coal as they touch the ground. In the space of two seconds, I hear my name called. I turn, and in front of me, a footpath has formed. With black stones between bowing trees.

At a suitable moment, a woman who is not her mother pulls her small body from the dust. There is a calm in her eyes. What do you want, asks the young girl. The mother frowns. Why do you ask that? Because everyone always wants something, she answers. The mother smiles, and strokes her head. From her hands a breeze blows, sending rose petals flying. A few land in the girl's hair. I only want to tell a story, she says. Then she takes off her shoes and sits down on the bare ground.

Suddenly weeds spring up around her ankles. Behind her, concrete bridge pylons transform into giant tree trunks. Dust melts into streams that ripple underfoot. It's cold. Small fish swim between the rocks in the clear water. Sound ceases; it grows serene. Come here, she says. The girl approaches in wonder, followed by dozens of other children. And flocks of birds that are flying over, chirping. And a pair of inquisitive cats. They all sit obediently in a circle, like planets and the sun. Their faces are glowing.

The woman's hands are raised to the sky. With her fingers she forms a circle in the air, which becomes the moon, then she lowers them and points behind a forest that suddenly appears, layer upon layer of dark green. Dusk falls at the same time, and the air is suddenly cool. Behind those trees, she says, is a Circus. She waves and a rainbow briefly stretches overhead like a scarf, then shatters into multicolored shards of swatches. Everyone claps in amazement.

Amazing, cries the girl. Not as wonderful as the Circus, says the woman. You will see things there that you have never seen before. Wonder upon wonder. The performance never ends. You'll forget everything. Sadness, bitterness, hatred and anger, pain and exhaustion. There is only laughter and forgetting. I want to laugh and forget, cries the girl. I want that Magic Circus.

The woman turns to her and shakes her head. Laughter is not always heartfelt and forgetting will gnaw away at you. At some point laughter will turn to tears, and forgetting bores holes in your head. Your body will be empty, like a corpse. If you fall asleep, you won't be able to return. But you must stand up and declare: I want the blind fortune teller!

The blind fortune teller, repeats the girl. The woman nods. Dry leaves fall from her hair. Why her? asks the girl. The woman smiles. The sky turns orange. Her answer: the blind fortune teller can see more clearly than eyes can.

Then she stands up and prepares to leave. She walks slowly through the fields and streams. The orange sky slowly falls onto her shoulders, creating a cascading cloak. Touched by the moon, the birds fly home. The woman vanishes into the slowly disappearing forest.

From time to time, through the window I see a fire eater pass by spewing flames as he balances on a ball. Another time, I see a row of penguins chasing soap bubbles. On a cold day, when the wind bows the trees down, a black witch often flies by on a broomstick.

"Where are you going to?" I ask.

"To the Ma..gic… Ci..r..cus!" she stutters unclearly.

Magic Circus. Maybe I heard her wrong. The wind fractures sound into meaningless bits. But I still feel sad at being left behind. I want to go. Maybe I can get there in a soap bubble. Maybe on a flying broom. Not through the door, that's for sure. Black hands will restrain me. You may not leave, they say, this body has belonged to us since you were a baby whom we bought for some rice. You owe a debt, the black hands cry. I have paid with my body, I protest. All my life. But the black hands just cackle and say:

you owe your soul. Then they close the door and lock it with a padlock that will only be opened when it's time to work.

Over time I've learned that she who resists will be beaten. So I just play along. Will I suffer? Who knows. I've never really known what suffering is. Maybe because I've never known anything else. I am just a butterfly. One of many. Nothing special. But I'm not willing to kill my dreams. I carefully gather hopes in a bottle that has washed up in this room, worried that I might let good fortune slip by. I must not be careless.

Outside the window, it's hard to tell the difference between dust and smoke. They blur the view. Distort smells. Sounds are muffled too. There's no point complaining; this city is always noisy. But amidst the puffs of smoke I have heard music at the far edge of the forest. I know that I am holding a bottle of hope in my hand.

The First Woman

Well, let us imagine that the woman exists and the snake exists and the garden in Eden exists.

And like God, we begin to put everything in its place: (1) a sun to mark the east (2) a river with four branches; Pishon, Gihon, Tigris, and Euphrates (3) some trees the fruits of which are good to eat (4) some birds, a pair of deer, a pair of pigs, a snake (5) a woman (6) the tree of life (7) the tree of knowledge of good and evil.

Half a moon has been prepared on the side. And some stars as needed. On this narrow stage it's hard to fit much in. Those two trees take up lots of space, we can only slip in an incomplete day and an impoverished night.

Then a voice can be heard over a harsh loudspeaker:

"You may eat the fruit of all the trees in this garden, except for that of the tree of knowledge of good and evil, because if you eat it, you will surely die."

The chirping of birds immediately replaces the commandment. The sun hangs like an orange. The rivers flow diagonally from end to end. Animals move awkwardly. The woman stands under the tree of knowledge. The snake coils around the trunk with its tongue protruding. In this world that is still so new, they all know just one season, they know light, they know dark, they know the evening and morning of each day, and they know everything that happens in between. Not one of them knows about death.

But we all do know, 'don't' is a binding mantra and God has rolled the dice. Indeed there are question marks that fall like rain on the right side, but no one cares.

Meanwhile, the man, the first human being, is nowhere to be seen. An angel glides down and politely reports (before changing into a light absorbed by the screen), "Man is going around naming each living being: animals and their sucklers, and plants and their sources."

Several paces before the tree, the woman is no longer there. She has just come into being and as yet has no name.

The woman says to the snake: "I have seen a beautiful creature on the frozen surface of the river. On its head is a shiny mane. On its chest is a pair of pretty fruits. Where its legs begin is a cluster of thorny weeds. And it stared at me."

The snake answers: "That is you. But you may not know."

The woman asks: "What may I know?"

The snake answers: "You are what was taken from the man when he was asleep. You are not a man."

The woman asks again: "Everything in this garden has a name. Why don't I?"

The snake answers: "Because the man has not given you one."

Another angel descends and puts a pinch of fire into the woman's chest until she grows anxious and impatient.

But the man, the first human being, still does not come. A light appears from the screen and a voice can be heard from within it. "He is on the top of a hill, naming the directions of the objects in the sky and marking the time for rising and setting. From that, humans will know days and seasons." (From that, yesterday will be imprisoned in yesterday and today is just a tight fitting box. In this world which is still new there is not yet a crate full of stories.)

The woman says: "I don't yet know myself. What's more I don't know where I come from."

She stares at her ten fingers. She begins to feel confused. On her knuckles is written "dirt", but she cannot remember anything about dirt. "Rib" is also written there, but she knows nothing beyond a few paces from the tree.

The snake does not answer. It comes down from the tree, encircles the woman, and kisses her forehead. Her nose and lips. At her breast, night suddenly falls. At her breast, a storm rumbles, as if from the south. The stage is rowdy. Breezes rustle the leaves. The animals run topsy turvy to the edge. They hide. The storm washes the woman up against the trunk of that tree and immediately she becomes blind.

Behind her eyes the snake transforms into a human, just like the creature on the surface of the river. She approaches. She clings to her: the woman and her siamese twin. Her double body has lips affixed to each other, breasts entwined and inflamed, and skin growing damp.

A yellow half moon and seven dim stars are cast down. The woman learns by touching until a scream like lightning strikes in the hollow of the hills. Then everything falls. Body and fruits from the tree of life and the tree of knowledge of good and evil.

After that, the storm subsides. And the snake slithers off. The woman, sprawled upon the ground, does not move. But we all know that she does not die. We only know that her body now knows.

The man, the first human being, is still nowhere to be seen. From behind the weeds, the snake hisses: "You will surely never die."

The woman hears, and wakes in a dream about fruits of the forbidden tree scattered on the ground. Like eggs, the skins of the fruits are cracked. From within them come angels wearing masks of the night. Each one with letters engraved on their foreheads. Slowly they fly off, forming a clump of dark clouds. Then one by one they fall like rain. On the stage, a puddle forms from the broken wings. It keeps growing larger. Until it opens up to a dark sea.

The woman approaches and sees a beautiful creature on the surface of the black sea. On its head is a shiny mane. On its chest is a pair of pretty fruits. Where its legs begin is a clump of thorny weeds. And she stares at it. But she is no longer afraid, because she knows her.

She dips her feet into the sea and the sea opens like the pages of a book which keep opening. The woman walks farther and farther in and she feels happy. A moment before sinking down, at the bottom of the sea, she sees the face of God. She asks:

"Am I going to die?"

From the mouth of the snake, etched on the moon, comes the answer: "You will surely never die. But you will know that you are going to die."

After that all that can be heard are the steps of the man, the first human being, approaching.

In the seventh row on the left, four seats from the end, God sits crying. In his hand he grasps one dice. On all sides are written: sin.

Morning in the Park

The two old men sit on a park bench, side by side like books on a rickety rack. Wind ruffles their grey hair. A page of an old newspaper hovering over the grass finally lands on the rounded tips of their shoes. Neither of them cares enough to push it off. Both are still wearing overcoats that seem to engulf their bodies. Indeed the sun has yet to make its presence felt. Winter has just ended. The morning has a faint scent of cherries. The sounds of the city buzz through the branches and leaves, falling gently on their ears.

Neither speaks. Both are busy replaying pictures in their heads. On that bench they call them "memories"; everything that has been left behind. Like footprints in the dust.

Years ago, it would have been difficult to imagine this day. Even now, it still feels strange to be seventy. Many things have changed, many are still the same. They are still neighbors and still have their nightly cup of coffee together. Every three days the two of them shop at the market to buy bread, milk, meat and other necessities. Every Wednesday, they walk to the meeting hall next to the mayor's office, and play bridge with other old folks. Occasionally a group of young people come and play music for them. Young people who go to church regularly on Sundays and answer enthusiastically, "Very well!" if we ask, "How are you?"

How are you. They had both forgotten the last time they had greeted each other with that query. Perhaps when we reach a certain age, the days all feel the same. Yesterday, three days ago, last week, last month, even last year, are not all that different from this morning. Time, maybe it's a glass of water that cleanses our tongue of everything we have tasted—sweet, bitter, sour, spicy and salty— leaving only what is tasteless and neutral. Taste becomes an immediate sort of thing. Like Dom's sandwich this morning.

"I forgot to buy sliced cheese yesterday." He scratches his chin even though it doesn't itch. "The cheese I ate before was hard and tough. It was like chewing rubber, not a sandwich."

Sam chuckles softly. "We're in the same boat then," he says. "I forgot to buy toothpaste. Last night I had to brush my teeth with dishwashing liquid."

The two of them laugh. Several pigeons sunbathing at their feet fly away startled.

"Dishwashing liquid! Hahahaha.... How did it taste?"

"Like the soup Mathilda makes!"

They laugh until they are doubled over.

Mathilda, Mathilda. Mathilda Mendez cleans house for them. She comes twice a week. She is plump and always happy and hardworking. She sweeps, moving the dust to the side, throws out the garbage, cleans the windows, takes care of the grass in the yard so it doesn't get too tall, and makes sure the toilets always smell fresh; that is her job. Cooking is not.

But she would regularly clean out the refrigerator and use up anything that was about to go off. As an immigrant from a poor country, she felt it was a sin if she let food go bad. However, she was not a good cook. Her fried bacon was always dry and burnt. The omelettes she made were always too salty. The pasta dishes she created (Dom and Sam actually had a hard time defining what it was that Mathilda made) tasted like cough syrup.

But nothing beat her soup. The color from the two men's faces would always drain away when Mathilda put her soup on the table: the clear liquid was a yellowish color with cut up vegetables and various things she had found in the refrigerator. Strange things would end up in her soup. Soggy pieces of bread (that had expanded and fallen apart), chopped up onions, pieces of noodles, ground up peanuts and even raisins and prunes.

Besides its strong odor, for some reason the soup always reminded Dom of horse urine. Sam called it 'poison from hell'. "Maybe she really wants to poison us," he joked.

But they knew that Mathilda had a heart of gold and couldn't even kill an ant. She was just a good woman with the best intentions; a combination that made even impatient old men like Dom and Sam not have the heart to hurt her feelings. They could only grit their teeth, taking spoonful after spoonful in front of Mathilda who stood by smiling happily. Mathilda's soup was one thing that made Dom and Sam feel even more united in the fate they suffered.

"Enough, enough," says Sam holding his aching stomach. With the back of his hand he wipes away the tears on his cheeks that are as wrinkled as an unironed cloth. He always gets like that if he laughs too hard. "We'd be hopeless without her."

"I know." Dom, still chuckling, stands up to stretch his legs.

He kicks the newspaper off the toe of his shoe. A page of ads. His eyes fall on the obituary column, on a name that he knows. "Hey! You remember Monk? He died last week!" He shows the page to Sam, who squints as he tries to read the letters printed in very small type.

"Oohhh…" he says. Whatever that means.

These days, news of deaths no longer shock them or make them sad. Unlike years ago when everyone they knew was still around. Unlike seven years ago when Doris died. Doris, who finally gave into the disease eating away at her lungs. Sam returns the newspaper to Dom who folds it neatly, puts it under his arm, and sits back down.

Once again silence falls between them like a third person; a stranger with whom they have never grown close.

On the day Doris had died, the same silence had slowly descended, filling the chair she used to sit in at the dining table, kneeling by the rose bush in the front yard, filling the empty side of the bed, sitting quietly on the sofa where Doris always spent the evenings knitting. Although it had no face or form, Sam never failed to recognize it.

Sam wasn't sad anymore. He couldn't say exactly when that feeling had gone. Unlike a deep wound, sadness doesn't leave a scar. Thinking about Doris today just warmed a small place in his heart, which over time had grown smaller and smaller. But the loneliness had become sharper. Louder. At times it was so noisy, he could not hear anything else. Like a moment ago when Dom had nudged him. Sam had jumped in surprise. "I said, Monique isn't coming on my birthday," Dom repeated loudly. Sam grumbled, "I'm not deaf." Dom doesn't care.

"She called this morning," he continues. "She said that Kiki has a toothache."

Kiki is Monique's dog, a Pekinese. Monique is Dom's only child. She lives in a city only about two hours away by car. Dom loves Monique. Monique loves Kiki. A rather complicated three way relationship.

Last Christmas she didn't come because Kiki had come down with an itch. The vet said that the dog had an allergy to cold weather. Dom had to celebrate Thanksgiving this year just with Sam, because Kiki broke a nail while chasing a fox in the backyard. Another time, Monique said, her dog had a cold, so she could not go with Dom to the doctor to check on his rheumatism, which flared up at times.

"That's the first I've heard that dogs can get toothaches," says Sam. Dom just shrugs. Him too, but he doesn't want to know any more. Something in his heart prevents him from doing that. He wants to believe that Monique really can't come for the reasons she gives. So he says nothing when her visits, which at first were once a month, became every four months, then once a year. Monique always apologizes. Dom is always understanding. "Never mind, dear. I love you."

Now it's been three years since Monique came home. Dom can only quietly hide how much he misses her.

He stores his longing in a shoebox at the bottom of the closet. Occasionally, if he is really lonely, the old man pulls the box out of that dark place, and takes out its contents one by one: letters, greeting cards, old family photos that have turned yellow, faded diplomas, and the wedding ring he never wore again after Cecile left him and their six month old baby to run off with a rock guitarist, he didn't know where to.

Dom had never stopped loving Cecile. He just stopped listening to music.

Sam glances at his friend. He knows what Dom is thinking. He gently pats his knee. "About your birthday," he says in a happy but slightly forced tone, "we'll throw a party. We'll invite all our friends so it will be merry!"

Dom counts on his fingers. "You forget, we only have three friends left."

Sam smiles. "I know."

They both laugh.

"Good. We'll party until morning. I'll ask Mathilda to cook for us!"

The two of them laugh loudly, paying no attention to the strange looks they get from mothers who have begun to arrive with baby strollers and kids running all over the place.

The sun is higher. Their shadows have grown shorter. Dom looks at the old watch on his right wrist. "Ten o'clock. Want coffee?" Out of the corner of his eye he sees Sam nod. The two of them stand up, and slowly walk out of the park. At the end of the street there's a worn-out sign reading "Sebastian Coffee".

The sign has been there since who knows when.

Party

1.

A Lychee Martini for me. Vodka Tonic for you. I raise my glass, peering at you through its clear rim. The light falls, sweeping over your hair, sweeping over your face, emphasizing every beautiful line and contour. My heart is on fire. Darling, a toast. To what you ask. I think for a moment. Does there really have to be a reason for a toast? You simply shrug your shoulders. Okay. For the one hundred and twenty seventh day we've been together.

You stop suddenly, speechless. You look past me, over my head. Silent. Dreamy. The glass is suspended in front of your lips. Just like that. Damn. I know where you've gone. So I quickly gulp down the sweet, intoxicating liquid. How uncouth, you hiss. Who cares. I've succeeded in bringing you back. I burp. Loudly. You panic. You steal glances to the right and left, trying to convince yourself that no one has heard me. I laugh. Why? Embarrassed? Right. I am indeed uncouth. And, yes, I want to get drunk. In order to forget momentarily your inability to choose: she who is so sophisticated, or me who is so uncouth.

2.

That back is so beautiful. Truly. On display above the folds of a backless Martin Margiela that reveals a bit of the crack in her bottom, that back has you riveted. Unable to turn away. And her fingers. The manicured, tapering fingers resting sweetly on her knee are amazing. I'm amazed at the patience it would take to spend hour after hour caring for them so they can look so—wait, I'm at a loss for words—those fingers look so… noble. Yes. Noble.

I think she really knows how to seduce your eyes.

She gracefully crosses her Jimmy Choo feet, making room for you to sit next to her on the arm of the sofa. She glances your way for a second. Just a quick glance, enough to make your heart somersault. Without a second thought she turns again to the other faces surrounding her with looks of desire and jealousy. All you can do is sit silently by her side. Conversation flows like the alcohol in those clear glasses. You hang on to the one in your left hand.

Flirtatious laughter echoes through the air filled with the babble of Kanye West. Nasty gossip settles on the backs of tongues. The pleasure is infectious, along with the fragrance of Bvlgari and Hermés. Is he gay? The last time I met him was in Milan, hanging out with his man at Corso Como. Old story. Surely it's about money. You know who's getting a divorce. No, you're kidding. Her new partner is a girl. Of course. Her kicks. What else? And he's famous now. His cheapest painting is the price of a Birkin bag. The *croco* one I mean. Come on, you must be mistaken. Really. He's got a contract with that gallery for two years. Don't get too tempted. Come round to my new place. The architect is Mr X. He's tops right now. Interested? Yeah sure. I was. But he already has a mistress. Oh, poor you…

Second glass. Then the third. Lost count; it's just a blur of talk of hot fashion items and affairs served up elegantly with endless cocktails.

But the night is still young. Twenty past midnight. Still lots of time before the sandman comes and makes you sleepy. I let you wander in your dry dreams. Drunk. You just need to get drunk to swim in the pool of that *crème de la crème*. But every party comes to an end. The light of glamour will fade. You have to go home. Finally. Home. Not out.

Far off at the end of the day your love will be stranded searching for me. Thirsty and lonely. Shamelessly you will come and lick my feet, like Minnie, your beloved mini beagle, begging for a place between breasts and thighs. You will get wet and spill over. Without even trying.

I think I really know how to satisfy your desire.

3.

They say that the darkest part of the day is right before dawn. The final moments before it gets light. For me: a dream. Black. My dreams are always black. Without color. Just layers of darkness without gradation. After a party, or not.

Why, you ask. Don't know, I answer. Maybe a dream is not actually an ornament of sleep. Nor is it heaven. I curl up awake, hugging my weary, fragile body. You sit to the side. Gazing at me with your quiet eyes. The rain has not yet stopped, but the cold is long gone. Shyly your hand stretches out to stroke my eyes. You lean over and brush a gentle kiss on my ear. Don't be afraid, you whisper. Sleep, because I will be near you.

My eyes are closed, but I am on full alert. You approach. Urging. Sinking. Deep inside. Your breath is short. Cramming the tight space inside me. I am in your arms, a clear emptiness that intensifies. I know, you have come.

In my black dream, you turn blue.

4.

What are you staring at? For so long? A cigarette butt squeezed between fingers slowing turns to ash. Smoke swirls upwards to meet the light of the lamp, which is dim and about to be swallowed by the darkness. On the table, full and half full glasses form condensation. Dripping. Leaving wet marks on the smooth table top.

She beckons another woman to her side, tilting her chin in one direction. The woman's eyes follow hers, then they both stare. For a long time. Their bodies are stiff. As if frozen. But not because they are cold, of course. Although the thermostat controlling the temperature is working well, it's as if they are immune. Maybe because they are thick-skinned. Their shoulders are still bare. Their thighs still naked. The music keeps pulsing, replacing the conversation.

Then?

She lifts one leg. Finally. Stretching her back which is a bit tense. Cigarette ash falls into her lap. She doesn't care. The bracelet on her wrist jingles faintly. Her eyes are still fixed in that direction. Pig. She swears. Dog. She hisses. Pig. Dog. Pig. Dog. Pig. Dog.

There's no pig or dog in the room. Just people, beautifully made-up and smelling as sweet as a fragrant garden. But on the end of a virtual thread her eyes fall on a couple, two men, intimately embracing each other. Their eyes never leave one another. Their faces are never more than two and a half centimeters apart, like magnets irresistibly attracted to each other. The sight of the men, who are actually the pig and the dog transformed into humans, forces the woman to gulp down her drink. And the other drinks that are on the table.

When they finally kiss, the woman weeps.

5.

They kiss. At exactly one fifty-five. Between peals of almost hysterical laughter; maybe drunken, maybe not. The air is heavy with thick smoke. Their eyes are almost shut, half circles hanging above pockets of grey. Words, once a mantra, are now scattered across the grimy floor. Half of the city has been chewed like betel nut. Victims of too much meaningless gossip. Rotten. A third of Tokyo has been explored. That faraway city has become as familiar as the neighborhood next door. There's only a little left, because every turn has been captured. Daikanyama. Shinjuku. Roppongi. Omotesando. Aoyama. Ginza. Complete with every alley way and every fashion display and concept store attached to them. Bape. Beams. Huhh…. Underground is more exciting! No. Minä Perhonen. No, no. Mihara Yasuhiro. Or N Hoolywood? But you have to see Yohji. Issey? Okay…

But the pulsating music grows louder, faster, assaulting bodies that don't want to grow weary. The flat moon frowns down from the dark sky. Come on, rock it. I have lent you the night to party. So don't stop. Go crazy. Go wild. While you still can.

So the bodies gyrate. Sweating. Murmuring. Beating in unison. Shaking. Frenzied. Convulsing. Hugging. Close. Tight. Holding fast. Then, no body is free, because they are all stuck together.

They kiss. At two fifty-five. This woman and this man. This man and that man. That man and this woman. That woman and another woman. Another woman and another man. Another man and me. Me and imagination. Imagination and wet dreams.

Don't be shy. This is just a fabulous *hyper-reality*.

6.

Tired? You ask. The woman doesn't answer. Her eyes are shut. Her head lolls back. From her slightly parted lips, I can hear a soft snoring. Cute, like a piglet. Her legs are wide apart, still stuck in high heels, revealing her blue lace underpants. You smile, nod, as if she had given a sweet reply.

Tired? You ask another woman. She droops uncomfortably. Sleepy, she says. Her head rests on the back of the sofa. Then she yawns, wide and loud. It seems I'm not the only uncouth one here. Her body is slumped over, folded up. The fat on her stomach hangs in folds beside her sagging breasts. Really, she is not as beautiful as she was four hours ago.

Then you circulate, asking your sympathetic question to every woman that you meet. They're sprawled out everywhere. Really. This room is like a battlefield. With beautiful bodies and tongues its weapons. With alcoholic beverages and often vicious gossip its ammunition. And you. You are the wise aid worker from the Red Cross. With an oil lamp in your hand. Asking. One by one. Like a teacher carefully taking the rollcall. They snicker, turn away, best when they are silent. Stupid you. They don't care. No. Not because they are drunk. They just don't care. I shout in your ear, which is still deaf from the laughter. Stupid me. Because I still wait. Until finally you approach, embracing me.

Tired? You ask. I smile. Sincere. No, I reply. I'm just drunk. Over you.

7.

No. Not water. One more glass of whiskey, it's okay. More. More. Obediently you pour the drink in the glass. She finishes it in one gulp. I have to be drunk before I go home, she says. Huh? Isn't it 'go home before getting drunk'? She shakes her head. No. No. You know, I have to be drunk. Otherwise I won't be able to face my husband. That man, the woman laughs bitterly, is disgusting. I don't know why I married him. Maybe because of his money? I ask again. Her eyes just glaze over. Then she nods. Maybe. Maybe. She mutters softly.

God is just. This woman who is so beautiful turns out to be so stupid.

8.

In this very early morning I want to say to you that I love you. Really and truly. Even with a face as crumpled as a bag of fried snacks. With hair as tangled as a bird's nest. With a body as limp as a wet noodle. With breath as fragrant as dirty mop water. And teeth layered with leftover food. With sour smelling armpits. With swollen eyes and a damp crotch.

But something strange has grabbed my tongue. So I am condemned to silence. I try to stand, wobbly. Barely aware of what I am doing, I try to embrace you. You remain still. With your back to me. Staring far off to the edge of the sky. The entire city still sleeping. Dreams evaporate through narrow cracks in the roof.

Your eyes ponder the moon as it slips away. And the sun that climbs higher. The air is like a cold blanket; it gives us goosebumps. You shiver, then turn around. Smiling. And lead me away with steps that are no longer heavy.

Come on, you whisper, let's go home.

Vollkommen

Ich betrachte sie genau, so wie ein Forscher ein Präparat unter dem Mikroskop betrachtet. Mich, die beim Verlassen des Hauses gerade mal Gelegenheit hat, sich das Gesicht zu waschen, erstaunt es, was sie mit ihrem Aussehen macht.

Sechs Uhr fünfzehn. Mein Haar habe ich nur mit einem Gummi von einer Instant-Nudelsuppenverpackung zusammengebunden. Ihr Haar ist ordentlich mit Locken, die auf die Schulter fallen. Meine tränenden Augen sind müde. Ihre Wimpern sind super gebogen mit zweifarbigem *eye shadow*, ähnlich wie die Farben der Hemden der Barcelona-Elf. Meine Lippen sind trocken. Ihre Lippen blühen auf. Mit einem speziellen Gloss-Stift schafft sie es, ihre Lippen so sexy wie Angelina Jolie aussehen zu lassen. Ich trage eine ausgeblichene Cordjacke. Sie trägt ein indigo-farbenes Sweatshirt mit Rollkragen, das ordentlich an ihrem Körper anliegt. Meine zerrissenen Jeans verdienen nicht den Namen Hose. Ihre schwarzen *slacks* sind fest und stramm mit Falten, die ihre Beine symmetrisch erscheinen lassen. An den Füßen glitzern spitze Pantoffeln. Ich stinke noch nach trockener Spucke. Sie duftet. Innerhalb eines Radius von fünf Metern kann ich *Angel*, Thierry Mugler, riechen.

Insgesamt repräsentiert Lara das, was von Instituten zur Persönlichkeitsentwicklung als ‚vollkommen' bezeichnet wird. Wenn wir vor der Abflugwartehalle stehen, sind wir wie zwei Cinderellas, einmal bevor und einmal nachdem sie von der guten Fee verzaubert wurde. Es ist unschwer zu erraten, wer welche ist.

„Du bist um drei Uhr aufgestanden", sage ich vorwurfsvoll. „Oh, das weißt du?" Sie ist erstaunt. „Hellseherei", murmele ich undeutlich. Ich habe schon gerechnet. Abzüglich der Zeit vom Flughafen zu ihrem Haus, abzüglich der Zeit, die sie braucht, um sich zurechtzumachen, ist sie sicher um drei Uhr aufgestanden. Zur gleichen Zeit habe ich noch vom Schweinejagen geträumt.

Dann sitzen wir nebeneinander. Nicht ganz genau. Ein Stuhl zwischen uns ist freigelassen. Ihre große *Cabat*-Tasche ist ordentlich dort platziert. Ohne dass ich frage, nennt sie den Zweck ihrer

Reise ins Land des Löwen. „Ich möchte meinen Freund treffen", sagt sie schüchtern, wie ein kleines Mädchen, das dabei erwischt wird, wie es gerade verliebt ist. „Ich möchte ..." „Mein Freund wird mich nachher abholen", schneidet sie mich schnell ab. Es ist klar, dass sie kein Interesse an meinem Grund hat, zum selben Ort zu fahren. Also schweige ich. Ohne sie aufhalten zu können, prasselt ihre Geschichte auf mich ein.

Der Mann heißt Thomson, ist Engländer. Vollständig: Gregory Chabris Thomson. Lara nennt ihn: Greg. Sie haben sich auf einem Literaturfestival in den Niederlanden im letzten Jahr getroffen und sich sofort ineinander verliebt. Sie zeigt das Display ihres Mobiltelefons. Ein Foto ihres Geliebten. Er ist wirklich gutaussehend, mit scharfem Gesicht und klaren Augen. Seine Haut ist für einen Westler recht dunkel. Auf dem Foto trägt er ein Khaki-Hemd mit kurzen Ärmeln und eine hellbraune kurze Hose. Ähnlich wie eine Pfadfinderuniform.

Seitdem sind sie wie Crewmitglieder auf einem Linienflug der Transatlantik-Route. Alle zwei Monate besucht Greg sie in Jakarta, oder sie besucht Greg in London. Innerhalb eines Jahres ist Greg schon sechs Mal nach Indonesien geflogen, und sechs Mal ist sie nach England geflogen. Ich schüttele ungläubig den Kopf. Es ist wirklich eine sehr kostspielige Liebe. „Die Liebe rechnet nicht, Restu." Ich bin mir da nicht sicher. Die Liebe muss in der heutigen Zeit erst recht voller Berechnung sein. Man muss aufpassen, dass man keinen Schaden nimmt, wenn es mittendrin plötzlich nicht mehr weitergeht. Oder vielleicht bin ich noch nie verliebt gewesen.

Ihre Augen sind vor Schock weit geöffnet. Es reizt mich, ihr meine Auffassung über die Liebe zu erklären, aber ich lasse es. Es hat keinen Zweck, dies mit einer Frau zu diskutieren, die gerade betrunken ist. Sie ist wirklich betrunken. Ihr Körper schwankt von rechts nach links. Ein Lächeln erblüht auf ihrem Gesicht, so als ob hinter ihren Ohren ein Band befestigt wäre, das die Mundwinkel nach oben zieht und jegliche Veränderung verhindert. Ihre Augen sind nicht vollkommen geöffnet. Mit labiler Stimme sagt sie: „Endlich habe ich einen Menschen getroffen, den ich wirklich liebe und der mich liebt. Es ist vollkommen!"

So weit ich mich erinnere, ist dies das vierte Mal, dass ich einen solchen Satz von ihr höre. Vielleicht ist sie vergesslich. Eine Umarmung auf dem *London's Eye* mag ihre Augen vor der Vergangenheit schließen. Küsse unter der *London Bridge* genügen vielleicht, um die Nostalgie zu zerstören.

Aber weshalb in Singapur? Nicht in London oder Jakarta? „Egal. Greg möchte es so. Aber meine Vorahnung sagt mir, diesmal wird es etwas ganz Spezielles." Ich glaube nicht an Vorahnungen, und für mich gibt es Spezialitäten nur beim *Nasi Goreng*. „Es gibt etwas sehr Wichtiges, das Greg mir sagen möchte." Trotz aller technologischen Fortschritte dieser Welt wählte Greg es, von London nach Singapur zu fliegen, um etwas zu sagen. Sicher, ich spreche das nicht aus. Lara sieht so aus, als wenn sie kurz nachdenkt. Sie sitzt unruhig. Ihre Stimme flüstert plötzlich: „Ich denke, Greg wird um mich anhalten." Ich ziehe die Stirn kraus. „Bist Du sicher?" Lara schüttelt mit dem Kopf. „Er verhält sich wirklich ein bisschen merkwürdig vor unserem jetzigen Treffen. Aber wenn es passiert", sie schaut mich an, ihre Lippen beben, „dann bin ich die glücklichste Frau der Welt."

Drama Queen. Aber ich kenne sie schon lange, also bin ich nicht mehr erstaunt. Ich greife ihre Hand und sage, dass es hoffentlich geschehen wird. Der Aufruf zum *boarding* stoppt die Unterhaltung und trennt uns. Meine Drama-Königin in der Business-Klasse. Die Economy-Klasse ist nur für gewöhnliche Frauen, die niemals davon träumen, dass ein eleganter Prinz sich in sie verliebt. Bloß vom Schweinejagen ...

Singapur ist eine enge Stadt. Ich bin nicht erstaunt, Lara und einen Mann zu treffen, die gerade beim Bier im *Holland Village* sitzen. Die Sonne geht schon zur Neige, aber es ist immer noch heiß. Trotzdem ist Lara perfekt zurechtgemacht. Ihr Gesicht ist wie eine Portion *Gudegkomplit*, in dem nicht eine einzige Zutat fehlen darf. Sei es das in Sojasauce eingelegte Ei oder die knusprig gebratene Kuhhaut. Sei es schwarzes Maskara oder der Lippenstift, der die Lippen voller wirken lässt. Diesmal hat sie ihre Haare auf dem Kopf zusammengebunden. Ihre Locken fallen wohlgeordnet in den Nacken.

Es gehen nicht viele Leute hier entlang, sodass sie mich sofort sehen. Lara winkt voller

Begeisterung. Obschon widerwillig, gehe ich näher heran. Sie empfängt mich herzlich und stellt den Mann neben ihr als ihren ‚Freund' vor. „Greg", sagt er und ergreift meine Hand. Das vermutete ich schon. „Ich freue mich, dich zu treffen." Greg sieht angespannt aus. Lara drängt mich, mich zu ihnen zu gesellen. Ich lehne es höflich ab mit der Begründung, dass ich noch keinen Durst habe und noch zwei Kilometer weiter spazieren gehen möchte. Ich drücke meinen ziemlich aufgedunsenen Bauch heraus, um meine Fettpolster zu zeigen, die verbrannt werden müssen. Mit bedauerndem Gesichtsausdruck verlasse ich sie. Natürlich gehe ich nicht so weit spazieren. Ich biege am nächsten Block ab, wähle die heruntergekommenste Bar und den am weitesten versteckten Stuhl, um mich zu setzen. Ich bestelle einen Teller *Calamari* und eine Flasche kaltes Bier. Nach zwei Schlucken fühle ich mich schuldig, dass ich Lara belogen habe. Aber schon seit früher fühle ich mich nie wohl in ihrer Nähe.

Lara war die Wunschtochter aller Eltern. Ihre Mutter und meine Mutter sind weit entfernte Verwandte, sodass ich sagen kann, dass ich und sie nur sehr weit entfernte Verwandte sind. Aber aufgrund von Familientreffen begegneten wir uns einmal im Monat. Bei diesen Treffen verglichen die Mütter immer das Aussehen ihrer Kinder, sodass ich mich wie eine Kuh auf dem Viehmarkt fühlte, deren Preis am Zustand ihrer Zähne gemessen wird. Laras Mutter beherrschte immer das Gespräch. Vielleicht weil sie vieles hatte, worauf sie stolz war. „Zufällig ist Lara wieder öffentliche Sprecherin ... zufällig steht Laras Gedicht in der Wochenzeitung ... zufällig ist Lara ausgewählt, ihre Schule beim Gesangswettbewerb zu vertreten ... zufällig spielt Lara in der nächsten Woche Klavier im Haus der Künste ..." Mit all diesen Zufälligkeiten waren sie gewiss eine sehr erfolgreiche Familie.

Lara hat nie mit uns – den gleichaltrigen Kindern – gespielt. Sie saß immer ruhig neben ihrer Mutter und nahm mit einem Lächeln so süß wie *Kolak* ihr Lob entgegen. Sie blieb immer hübsch, bis das Familientreffen zu Ende war, während wir – nachdem wir auf Bäume geklettert waren, auf dem Rand des Wasserkanals balanciert hatten, Fangen gespielt und miteinander gekämpft hatten – abgerissen nach Hause gingen. Ich hatte nie etwas gegen die Familientreffen, aber ich war hinterher immer aufgebracht. Den Heimweg hat meine Mutter immer mit dem Spruch belebt „Wie man ein gutes Mädchen wird". Das Beispiel änderte sich nie: Lara. Ich wollte nicht Lara sein. Für mich war sie die Puppe ihrer Mutter. Ich war unwillig und verstand nicht, warum meine Mutter wollte, dass ich eine Puppe werde.

Einmal war ich so verärgert, dass ich meiner Mutter vorschlug, sie solle mich gegen Lara austauschen. Meine Mutter sagte, Familien könne man nicht austauschen. Ich sagte, das sei schade. Denn sonst würde ich gerne meine Mutter austauschen. Meine Mutter erschrak. Gegen wen, fragte sie wütend. Gegen Nyai Roro Kidul, die Göttin des Südmeeres, sagte ich entschlossen. Daraufhin legte sie mir eine harte Strafe auf. Täglich nach der Schule, einen ganzen Monat lang, musste ich zu Lara gehen. Ich protestierte. Aber meine Mutter hatte sich schon mit Laras Mutter verschworen, mich zu ändern. Ich hatte nicht die Energie, etwas dagegen einzuwenden. Jeden Tag würde sie mich an der Schule abholen, mich zu Laras Haus begleiten und mich erst um acht Uhr abends abholen.

Aber Lara freute sich sehr. Obwohl wir beide Einzelkinder sind, war bei mir zu Hause immer viel los mit den Nachbarskindern. Bei Lara zu Hause war es immer ruhig. Es gab nur eine Hausangestellte und eine Katze namens Princess. Lara hatte sehr viele Bücher, aber kaum Spielzeug. „Ich habe eine Puppe", sagte sie. Aus einer Schrankschublade holt sie eine Stoffpuppe hervor. „Ich bin Aral", sagte sie mit höherer Stimme. Ich erschrak. Diese Puppe war das Grausigste, was ich je gesehen hatte.

Aral hatte keine Finger. „Ich habe ihn bestraft. Er kann nicht *Träumerei* spielen. Schlimm, nicht wahr?" *Träumerei*. Robert Schumann. Opus fünfzehn Nummer sieben. Sie bestrafte die Puppe, weil sie nicht Klavier spielen konnte. Ich hielt es nicht aus, Arals Kopf anzusehen, der keine Haare hatte. „Ich habe sie herausgerissen. Mit kahlem Kopf kann Aral besser Mathematik üben." Ich traute mich nicht, wegen der Nadel zu fragen, die neben Arals Auge steckte. Später erst wurde mir klar, dass Aral Lara in umgekehrter Buchstabenfolge ist.

Wir waren damals zwölf Jahre alt. Im Laufe des einen Monats bei Lara zu Hause nahm mein Ärger ihr gegenüber ab und wich einem Mitgefühl. Sie spielte fast niemals. Der Tag war gefüllt mit allerhand Kursen und Lernen, sowie dem Sammeln von Pokalen und Auszeichnungen, die auf dem großen Schrank im Empfangsraum angeordnet wurden. Er war beinahe voll. Sie schien über alle ihre Leistungen glücklich zu sein. Allerdings erlebte ich einige Male, wie sie unter einem Kissen weinte. „Was ist?", frage ich. „Müde", antwortet sie kurz angebunden.

Danach habe ich sie kaum noch getroffen. Die Familientreffen waren nicht mehr üblich, und Lara wurde auf eine Schule nach Singapur geschickt. Dann nach Australien. Dann Amerika. Aber sie schrieb häufig Briefe. Teilte mir ihre Geschichten mit. Über alles Mögliche. Schule, Leistungen und Männer, die sie verehrten. Ich war nicht erstaunt. Sie war wirklich hübsch. Sie hatte viele Liebesgeschichten, die immer dramatisch begannen. Treffen im Regen. Romantisches Geplauder im schummrigen Wagen. Gutaussehende Prinzen, die sie vor einer Schlange retteten. Was ich nicht verstand, war, dass die Liebe immer scheiterte.

Einmal erzählte sie, wie sie mit einem ihrer Liebhaber Schluss gemacht hatte. Es war

Valentinstag, und ihr Freund kam verspätet. Dabei hatte sie doch schon ein perfektes Überraschungsabendessen vorbereitet. Sie hatte von morgens bis abends gekocht, teuren Champagner gekauft und ein Abendkleid angezogen, das sie von ihrem gesamten Ersparten gekauft hatte. Der junge Mann kam nach Mitternacht, entschuldigte sich für seine Verspätung, weil er seinen Vater, der einen Schlaganfall erlitten hatte, zum Krankenhaus begleiten musste. Lara machte einfach die Tür vor der Nase dieses verdammten Mannes zu. Am folgenden Tag ging sie zu ihrem Freund und bewarf sein Zimmerfenster mit Hundekot, den sie von einem Tiergeschäft in der Nähe ihres Appartements bekommen hatte.

Zuletzt traf ich sie bei einer Hochzeitsfeier. Sie war immer noch hübsch, war einmal verheiratet gewesen, dann geschieden, und jetzt in einer Beziehung mit einem bekannten Schriftsteller. „Er inspiriert mich wirklich", sagte sie mit strahlenden Augen. „Endlich habe ich einen Menschen gefunden, den ich wirklich liebe und der mich liebt. Es ist vollkommen!" Sie lebten sieben Jahre lang zusammen, dann trennten sie sich.

Meine *Calamari* sind schon kalt, und mein Bier ist warm geworden. Ich verliere plötzlich den Appetit. Ich bezahle alles und kehre zum Hotel zurück.

Es ist fast neun Uhr. Die Buchstaben des Buches verlieren langsam, aber sicher ihre Bedeutung. Nur eine Aneinanderreihung des Alphabets, die allmählich immer matter wird. Ich weiß, meine Augen müssen aufgeben. Der Fernseher ist noch an, ohne Ton. Ich will gerade den *Power*-Knopf drücken, als der Bildschirm eine merkwürdige Nachricht zeigt.

Ein Mann ist nackt zusammengekrümmt auf dem Balkon eines Hotelzimmers auf der zwölften Etage. Die Tür hinter ihm ist geschlossen. Der Mann hat sich eindeutig ausgeschlossen. Die Kamera versucht, sein Gesicht klarer einzufangen, aber er bemüht sich ständig, es zu verdecken. Die Kamera schwenkt und richtet sich auf die Situation in der Umgebung des Hotels. Unten versammelt sich eine Menschenmenge. Ein Feuerwehrfahrzeug ist zu sehen, das sich dem Platz nähert und die Ansammlung von Menschen aufbricht, die diese Sensation genießen.

Die Kamera schwenkt wieder zurück zu dem Mann von vorhin. Diesmal vergisst er, sein Gesicht zu verdecken. Oder er beginnt zu frieren, denn er hält seine Arme fest um seinen Körper geschlungen. Seinem Schicksal ergeben hockt er in der Ecke des Balkons, schützt sich vor dem scharf wehenden Wind. Die Kamera nähert sich immer weiter. Ich begreife. Dieser Mann ist Greg. Meine Müdigkeit ist sofort weg. Meine Augen irren sich bestimmt nicht. Auch ohne Kleidung erkenne ich ihn.

Das Feuerwehrauto beginnt, eine Leiter auszufahren, die anscheinend nicht lang genug ist. Die Feuerwehrleute sehen verwirrt aus. Sie versammeln sich neben dem Fahrzeug. Immer wieder deuten sie nach oben. Die Kamera schwenkt zu einem Reporter mit besorgter Miene. Ich nehme die Fernbedienung und stelle die Lautstärke höher. Der Reporter berichtet, dass das Hotel zur Zeit mit der Frau verhandelt, die die Bewohnerin des Zimmers ist, vor dem der Mann in der Falle sitzt. Sie trauen sich nicht, die Tür einzubrechen, weil die Frau damit droht, sich umzubringen.

Nahezu ungläubig greife ich nach meinem Telefon. Es klingelt nur einmal, bevor am anderen

Ende Laras Stimme zu hören ist. „Was ist passiert?" Sie lacht. Es ist ein wirklich trockenes Lachen. Mein Nackenhaare richten sich auf. „Er wird heiraten, Restu." Lara sagt ‚er'. Nicht ‚wir'. Ihre Stimme ist flach ohne Emotionen. „Du wirst dich nicht umbringen, nicht wahr?", frage ich schnell. Ich weiß nicht, was ich noch sagen soll. „Sicher nicht", spricht sie, „aber dies ist unser letzter gemeinsamer Abend. Ich will nur, dass Greg sich gut daran erinnert."

Dann erzählt sie alles detailliert und ohne Eile. Sie essen zu Abend. Greg spricht von seiner Absicht, Lara zu verlassen. Er hat eine Frau kennengelernt, die seine Welt auf den Kopf gestellt hat. Er will diese Frau heiraten und mit ihr bis zum Ende aller Zeiten zusammenleben. Lara schluckt alles tapfer. Sie bittet Greg dann, ein letztes Mal mit ihr zu schlafen. Als eine Art Abschiedsgruß. Der Mann kann es nicht ablehnen. Vielleicht ist er verführt. Vielleicht auch wehmütig. Sie gehen hinauf auf Laras Zimmer. Ziehen sich gegenseitig ihre Kleidung aus. Küssen sich. Lara bittet Greg, die Balkontür zu öffnen. Sie will mit der Stadt im Hintergrund mit ihm schlafen. Greg erfüllt ihren Wunsch arglos. Lara stößt ihn hinaus und schließt die Tür von innen ab. Lara beendet die Geschichte mit einem trockenen Lachen.

Ich bin bestürzt. Ich kann es wirklich nicht glauben. „Restu", fährt sie mit klarer Stimme fort, „jetzt ist es wirklich vollkommen!"

Schmetterling

Am Himmel triffst du manches Mal auf etwas Seltsames. Eine weiße Reihe, die keine Wolke ist, aber auch kein Strahl. Wie eine gerade Linie, deren Anfang und Ende unklar sind. Es ist da und verschwindet. Ein mattes Vibrieren kommt aus der Ferne und nähert sich — bis dass ich es sehen kann — eine Million kleiner Flügel. Umherschwirrend. Auseinanderstiebend. Dann niederschwebend wie Schneeflocken.

Wie viele Schmetterlinge gibt es in diesem Land?

Die Nacht ist immer noch ungemütlich. Der Regen prasselt herab. Vom Stadtrand her lässt der Wind rostiges Eisen knirschen. Es ist ein schneidendes Geräusch, es dringt an den Seiten der Köpfe der Leute ein, die es eilig haben, nach Hause zu kommen oder die bloß dem scharfen Aufprallen der Regentropfen entgehen wollen. Sie jammern darüber, weil sie gezwungen sind, Schutz zu suchen. Aber der Regen ist gut, um allen Unrat wegzuwischen:

Blätter, Bürgersteige, schmutzige Gassen, Zinkdächer und Fenster. Eines öffnet sich plötzlich. Nicht ganz, nur einen kleinen Spalt breit. Dahinter steht ein Mädchen. Der gelbe Lichtstrahl der Straßenlampe fällt nur schwach in das Zimmer hinein.

Sie stößt einen langen Atemzug aus. Heute schmerzt ihr Körper. Nein, er ist nicht schwach, bloß erschöpft. Aber ich klage nicht, flüstert sie – vielleicht zum Fensterrahmen, von dem hier und da die Farbe abblättert. Jeder muss doch irgendetwas verkaufen, um leben zu können. Einige verkaufen Träume, andere verkaufen Schweiß. Sie verkauft Träume voller Schweiß. Das ist halt so in einer Welt, in der sich jeder das nimmt, was er braucht. Und sie schämt sich nicht, obwohl sie fortwährend lügen wird. Es ist weit mehr beschämend, wenn man gar nichts zum Verkaufen hat. Es gibt auch niemanden, der Ehrlichkeit wirklich liebt. Ein flüchtiges, bitteres Lächeln huscht über ihr Gesicht – vielleicht für die verblichenen Vorhänge. Hab keine Bedenken zu lügen, sagt sie, sind nicht auch die Märchen und das Land der Feen wahr?

Dann lacht sie rau auf. Sie reißt das Fenster auf. Sie zieht die Flügel mit den zerfransten

Rändern an und fliegt los. Wind und Wasser strömen sogleich auseinander. Es ist kalt, bringt sie aber nicht zum Zittern. Sie tanzt zwischen Blau und violetten Punkten. Sterne und Schneeflocken fallen hernieder. Ihr Körper ist bald durchnässt. Dort unter ihr ist die Stadt, die sich gleichgültig im Modder und im Durcheinander bewegt und Lichtstrahlen aussendet, die unaufhörlich Linien ziehen und die den Regen durchdringen. Staub aus der Luft bedeckt alles mit einem Grau.

Aber sie lehnt Grau ab. Auch alles Weiße. Sie hat Rot auf ihre Lippen aufgetragen sowie Orange auf alle zwanzig Zehen- und Fingernägel. Sie hat Grün auf die Augenlider aufgetragen, auch Hellrot auf die Wangenknochen. Dann geht sie hinaus, entlang der Grenze zur Dunkelheit. Sie ist voller Farbe, nicht mehr weiß. Bin ich nicht hübsch, fragt sie. Der Wind, mit einem pfeifenden, lässigen Wehen, bejaht. Mehr als hübsch, du bist verführerisch.

Das Mädchen schwebt und tanzt, mit Flügeln, die ein bisschen zerfranst sind und die Farben des Regenbogens haben. Flatternd, wenn auch schwer und nass. Sie tanzt entlang der Hochstraße und der fliegenden Autos, auch der Brückenpfeiler, und hält schließlich an – verfangen in den Ästen eines nackten Tamarindenbaums. Vielleicht einer von ganz wenigen, die es in der Stadt noch gibt. An seinen Füßen huschen kleine Schatten schnell umher wie Geister.

In dieser Stadt bin ich nicht die Einzige. Ich weiß nicht, wie viele es sind, obwohl wir uns kennen. Aber wenn die Nacht sich herabsenkt und das Verlangen wächst, werden die schwarzen Hände uns freigeben, wir strömen auseinander, heraus aus den engen, niemals gleichen Spalten der Stadt. In dieser Nacht feiern wir. Diese Stadt schläft nie, immer gibt es jemanden, der Unterhaltung braucht.

Diese Stadt? Ich nenne sie: dieser Wald. Sieh, sieh. Tautropfen bedecken Sprösslinge von Pflanzen, und Tausende von Glühwürmchen fliegen schon. Höre, höre, die uralten Stimmen. Die Tiere sind aufgewacht und sind jetzt hungrig. Ich werde fliegen und mich an jeder Stelle niederlassen, die meinen Namen ruft.

Bei den riesigen Bäumen leben Schweine mit dickem Körper und Fettpolstern. Die Schweine werden die kleinen Äpfel an meiner Brust mögen. Grunzend und quiekend werden sie daran lecken und herumbeißen. Schweine sind wirklich gierig. Ihr Speichel wird heruntertropfen und einen stechenden Geruch hinterlassen, der sich nur schwer verflüchtigen wird. Aber keine Angst, diese Schweine sind großzügig und niemals böse. Du wirst es schaffen, hinterher Duftseife zu kaufen sowie ein Paar gläserne Schuhe. Ihr Glanz wird dich vergessen lassen.

Nicht weit davon, nur einen Knochenwurf entfernt, wirst du auf Hundehütten treffen – versteckt hinter dornigem Gestrüpp. Achtung. Die Dornen haben mich schon einmal so verletzt, dass ich nicht mehr unversehrt bin. Hörst du das Kreischen? Die Waldhunde werden voller Ungeduld darauf warten zu spielen. Sie nennen es Pferd spielen. Ich nenne es Hund spielen.

„Hintereinander!", brülle ich.

Sofort bildet sich eine Reihe – gehorsame Hunde. Einer nach dem anderen wird mich lüstern bespringen, sich gegen den Wind drängen oder gegen einen unsichtbaren, bösen Geist. Aber sie sind schnell erschöpft, diese Hunde. Einer nach dem anderen werden sie aufgeben, ausgestreckt da liegen, nachdem sie sich übergeben haben. Sie werden mich beschimpfen, „Hund!", als wenn ich ihnen gleich wäre. Aber ich bin kein Hund, bloß ein Schmetterling, mit Flügeln, die ein bisschen ausgefranst und regenbogenfarben sind. Die Hunde werden mich nicht verletzen können. Nicht mit dem Schwanz, der zwischen den Hinterbeinen eingekniffen ist, und der ständig hervorschnellenden Zunge. Ich werde fliegen, bevor sie Gelegenheit haben zu bellen.

Dann lasse ich mich auf einem großen Haus inmitten des Waldes nieder. Dort wartet schon ein alter Wolf, der fast alle Zähne verloren hat. Er wird die Großmutter und ich das Rotkäppchen sein. Er wird ein Kopftuch tragen und ein Nachthemd mit langen Ärmeln, die die langen Haare auf seinen Händen verdecken, sowie ein breites Tuch, das die Schnauze verhüllt. Ich bin schon bereit mit der eingefärbten Kappe – in leuchtendem Rot. Er wird sich unter einer Decke verstecken, ich werde an die Tür klopfen. Tok! Tok! Tok!

„Wer ist da?"

„Ich, das Rotkäppchen."

„Was bringst du mit?"

„Bloß meinen Körper."

„Was kannst du?"

„Ich? Ich kann sehr frech sein."

Der Wolf wird mich eintreten und mich alles machen lassen, was ich will. An seiner Decke ziehen. Auf dem Bett herumspringen. Herumschreien. Sogar den Stuhl umwerfen. Er hat wirklich schon darauf gewartet, mich zu bestrafen. An dem umgeworfenen Stuhl wird der Wolf mich so festbinden, dass meine Rückseite offen liegt. Niemals zu fest.

Freches Kind, herrscht er mich an und schlägt auf meinen Hintern. Mehrmals. Freches Kind, schnauzt er mich an und peitscht meinen Rücken. Mehrmals. Freches Kind, knirscht er und beißt auf mich ein. Mit zusammengekniffenen Augen und einem zahnlosen, hämischen Grinsen. Ich werde so tun, als ob ich bettele. Gnade. Gnade. Er wird alsbald aufhören und in Schlaf fallen. Danach muss ich ihn zudecken. Dann kann ich nach Hause gehen, mit dem Korb voller roter Äpfel und Brot für einen Monat.

Aber am Waldrand hat schon jemand ein Feuer entfacht. Rauchfahnen winden sich zum Himmel hinauf und ziehen Aufmerksamkeit auf sich. Ein Kreis nimmt die Gestalt des Mondes an, fällt schließlich hinunter – hinter ein vielschichtiges Dunkelgrün. Allmählich werden von Ferne Schlagklänge hörbar. Traurige Trommeln und Tablas. Das Klappern eines Tamburins und das Klackern von Kastagnetten. Der Klang huscht von der Rückseite der schwarzen gewaltigen Bäume hervor und hallt auf den Blättern nach. Das Geräusch trommelt am Waldhimmel, es lässt Richtung und Herkunft verschwimmen.

Ich weiß, an diesem Waldrand wartet bereits ein Wunderzirkus. Mit fliegenden Elefanten und sprechenden Vögeln. Einem Löwen mit zwei Köpfen und einem Affen, der ein Taschendieb ist. Einem Pferd mit Hörnern. Kleinen Schlangen. Einem Wesen, das halb Ziege, halb Mensch ist. Einer Gruppe merkwürdiger Clowns und siamesischen Zwillingen, die sich einfach freuen, einander zu berühren. Und einer alten Zigeunerin – einer blinden Wahrsagerin. Am Eingang brauchst du nicht zahlen – bloß dein Schicksal dem straffen

Griff eines Henkers überlassen, auf dessen Arm eine Waldorchidee tätowiert ist.

Plötzlich bläst ein Wind, er weht die Sterne herunter, die in dem Moment, in dem sie die Erde berühren, zu Holzkohle verglühen. In einem Augenblick, der kaum zwei Sekunden andauert, höre ich, wie mein Name genannt wird. Ich schaue mich um, und vor mir hat sich ein Pfad gebildet. Mit schwarzen Steinen zwischen Bäumen, die sich verbeugen.

In einem geeigneten Moment zieht eine Frau, die nicht ihre Mutter ist, den Körper der Kleinen aus dem Staub. Auf ihrem Auge liegt ein Schatten. Was willst du, fragt die Kleine. Die Frau zieht die Stirn kraus. Warum fragst du das? Weil alle Menschen immer irgendetwas wollen, antwortet sie. Die Frau lächelt, dann tätschelt sie ihren Kopf. Aus ihrer Hand entfährt ein Wind, der Rosenblätter hervorfliegen lässt. Einige davon fallen auf das Haar der Kleinen. Ich will bloß erzählen, sagt sie. Dann zieht sie ihre Schuhe aus und setzt sich barfuß auf den Boden.

In dem Moment breitet sich Schilfrohr aus, in dem sie bis zu den Knöcheln versinkt. Dahinter verändern sich Brückenpfeiler aus Beton und nehmen die Gestalt von wuchtigen Riesenbäumen mit dichtem Blattwerk an. Der Staub verflüssigt sich und wird zu kleinen Rinnsalen, die unter den Füßen rieseln. Kalt. In dem klaren Wasser schwimmen kleine Fische um Steine umher. Die Geräusche nehmen ab, es wird still. Hierher, sagt sie. Das Mädchen nähert sich erstaunt, gefolgt von Dutzenden anderer Kinder. Auch von Scharen von Vögeln, die zwitschernd umherfliegen. Und einem Katzenpaar, das keine Angst zu haben scheint. Alle setzen sich brav im Kreis, wie Planeten um die Sonne. Ihre Augen strahlen.

Die Hand der Frau ist zum Himmel erhoben. Mit dem Finger zeichnet sie einen Kreis in die Luft, der die Gestalt des Mondes annimmt, dann geht der Finger wieder herunter – und zeigt auf den Wald, der plötzlich da ist, in einem vielschichtigen Dunkelgrün. Die Dämmerung bricht herein, die Luft wird plötzlich kühl. Hinter den Bäumen, sagt sie, gibt es einen Zirkus. Sie winkt auf und ab, und ein Regenbogen spannt sich wie ein Schal über dem Kopf auf – nur kurz, dann bricht er auseinander und wird zu kleinen farbigen Fetzen. Alle klatschen voller Bewunderung.

Wunderbar, ruft das Mädchen. Nicht so sehr wie dieser Zirkus, sagt die Frau. Dort wirst du Dinge sehen, die du noch nie gesehen hast. Wunder über Wunder. Die Vorführung wird niemals zu Ende gehen. Du wirst alles vergessen. Traurigkeit, Bitterkeit, Hass und Ärger, Schmerz und Schwäche. Es gibt nur Lachen und Vergessen. Ich will lachen und vergessen, ruft das Mädchen. Ich will diesen Wunderzirkus.

Die Frau hat den Blick von ihr abgewandt und schüttelt den Kopf. Lachen bleibt nicht immer ehrlich, und Vergessen wird dich nach und nach zerstören. Irgendwann wird das Lachen zu Tränen werden, und das Vergessen wird deinen Kopf aushöhlen. Dein Körper wird leer werden wie ein Leichnam. Wenn du ganz entspannt bist, kannst du nicht mehr zurück. Aber du musst dich hinstellen und sagen: Ich will die blinde Wahrsagerin!

Die blinde Wahrsagerin, wiederholt das Mädchen. Die Frau nickt mit dem Kopf. Aus ihrem Haar fallen trockene Blätter. Warum sie? fragt das Mädchen. Die Frau lächelt. Der Himmel wird orangefarben. Sie antwortet: Eine blinde Wahrsagerin sieht klarer als Augen.

Schließlich steht sie auf und ist bereit zu gehen. Ihre Schritte gehen schleppend auf dem Schilfrohr und den Rinnsalen. Der orangefarbene Himmel fällt langsam auf ihre Schultern und wird zu einem schwingenden Gewand. Der Mond wird herangezogen, zugleich fliegen die Vögel nach Hause. In den langsam verschwindenden Wald hinein verschwindet auch die Frau.

Ab und zu sehe ich aus dem Fenster, wie ein Feuerschlucker auf einem Ball vorbeigeht und ständig Feuer spuckt. Ein anderes Mal steht eine Schar von Pinguinen aufgereiht und fängt Seifenblasen auf. An kalten Tagen, an denen ein scharfer Wind weht, der die Bäume zum Schwanken bringt, fliegt oftmals ein schwarzer Zauberer auf einem Besen vorbei.

„Wohin?", frage ich.

„W..un..der..zi..r..kus!", antwortet er unklar stotternd.

Wunderzirkus. Vielleicht habe ich falsch gehört. Der Wind hat Geräusche in sinnlose Stücke zerschnitten. Aber ich fühle mich immer noch traurig, weil ich zurückgelassen wurde. Ich möchte gehen. Egal, ob in die Seifenblasen oder auf dem fliegenden Besen. Nicht durch die Tür, das ist sicher! Schwarze Hände werden mich festhalten. Du darfst nicht gehen, sagen sie, dein Körper gehört uns, seit du ein Baby warst, das wir mit Reis gekauft haben. Du hast Schulden, werden die schwarzen Hände rufen. Ich habe schon mit meinem Körper bezahlt, protestiere ich. Mein ganzes Leben lang. Aber die schwarzen Hände lachen bloß mit Krähengekrächze und sagen: Du schuldest deine Seele. Dann werden sie die Tür schließen mit einem Schloss, das nur dann geöffnet wird, wenn Arbeit ansteht.

Schon lange habe ich gelernt, dass wer sich auflehnt geprügelt wird. Also tue ich so, als wenn ich folgsam bin. Leide ich? Sei es drum. Ich habe niemals genau gewusst, was Leiden ist. Vielleicht weil ich niemals etwas anderes gekannt habe. Ich bin nur ein Schmetterling. Einer unter so vielen. Es ist nichts Besonderes daran. Aber ich habe Angst davor, Träume zu töten. Emsig fange ich Hoffnungen in einer Flasche auf, die in diesen Raum geschwemmt wurde, so voller Angst, dass ich an einem guten Schicksal einfach vorbeigehen könnte. Ich darf nicht unaufmerksam sein.

Hinter dem Fenster machen Staub und Rauch keinen Unterschied. Sie vernebeln die Aussicht. Sie stumpfen den Gestank ab. Ebenso verschwimmen die Geräusche. Es hat keinen Sinn zu klagen, diese Stadt ist immer in Tumult. Jedoch höre ich aus den Rauchschwaden Musik vom weit entfernten Waldrand. Ich weiß, in meinem Griff halte ich eine Flasche voll Hoffnung.

Die erste Frau

Also gut, stellen wir uns vor, dass es diese Frau gibt und dass es diese Schlange gibt und dass es auch den Garten Eden gibt.

Und wie Gott beginnen wir, alle Dinge an ihren Platz zu setzen: (1) eine Sonne, um den Osten anzuzeigen, (2) einen Fluss, aus vier Strömen bestehend, Pischon, Gihon, Tigris und Euphrat, (3) einige Gewächse, die dazu da sind, Früchte zum Essen zu tragen, (4) einige Vögel, ein Paar Hirsche, ein Paar Schweine, eine Schlange, (5) eine Frau, (6) einen Lebensbaum, (7) einen Baum der Erkenntnis von Gut und Böse.

Ein Halbmond steht schon am Rand bereit. Und genügend viele Sterne. Auf dieser engen Bühne ist nicht viel Platz zum Ausfüllen und Ausprobieren. Die beiden Bäume nehmen sehr viel Raum ein, wir können nur einen unvollständigen Tag und einen armseligen Abend hineindrängen.

Dann sind Worte aus einem knarzenden Lautsprecher zu hören:

„Du darfst die Früchte aller Bäume in diesem Garten essen, aber iss nicht die Frucht des Baumes der Erkenntnis von Gut und Böse, denn an dem Tag, an dem du sie isst, wirst du mit Sicherheit sterben."

Vogelpiepsen tritt bald an die Stelle des Wortes Gottes. Die Sonne hängt herab wie eine Orange. Der Fluss fließt diagonal von einem Ende zum anderen. Die Tiere bewegen sich unbeholfen. Die Frau steht unter dem Baum der Erkenntnis. Die Schlange windet sich mit herausgestreckter Zunge um den Stamm. In dieser noch neuen Welt kennen alle nur eine Jahreszeit, hell, dunkel, Abend und Morgen an jedem Tag, und alles, was dazwischen geschieht. Niemand weiß etwas vom Tod.

Aber wie wir alle wissen, ist ‚du sollst nicht' ein bindendes Mantra, und Gott hat die Würfel bereits gerollt. In der Tat gibt es Fragezeichen, die wie Regen auf der rechten Seite fallen, aber niemanden kümmert es.

Währenddessen ist der Mann, der erste Mensch, nirgendwo zu sehen. Die Erscheinung eines Engels schwebt herunter und berichtet höflich (bevor er sich in einen Strahl verwandelt, der den Schleier durchdringt): „Der Mensch wandert umher und gibt jedem lebenden Geschöpf einen Namen: Tieren und ihrem Nachwuchs sowie Gewächsen und ihren Sprösslingen."

Einige Schritte vor dem Baum ist die Frau noch nicht wieder da. Sie ist gerade erst geworden, und sie trägt noch keinen Namen.

Die Frau sagt zur Schlange:

„Ich habe ein schönes Wesen auf der erstarrten Oberfläche des Flusses gesehen. Auf seinem Kopf trägt es eine glitzernde Mähne. Auf der Brust zwei hübsche Früchte. Am Beinansatz ein stacheliges Gestrüpp. Und es hat mich angeschaut."

Da antwortet die Schlange:

„Das bist du. Aber du darfst es nicht wissen."

Da fragt die Frau:

„Was darf ich wissen?"

Die Schlange antwortet:

„Du bist diejenige, die aus dem Mann genommen wurde, während er schlief. Du bist kein Mann."

Da sagt die Frau weiter:

„Jedoch tragen alle Dinge in diesem Garten einen Namen. Warum ich nicht?"

Die Schlange antwortet:

„Weil der Mann dir noch keinen gegeben hat."

Ein anderer Engel kommt hernieder und legt eine kleine Flamme auf die Brust der Frau, sodass ihr Körper ärgerlich und ungeduldig wird.

Aber der Mann, der erste Mensch, ist auch noch nicht angekommen. Aus dem Schleier tritt ein Strahl, und aus dem Inneren ist eine Stimme zu hören. „Er ist auf dem Gipfel des Hügels, bezeichnet die Richtung der Himmelskörper und legt die Stunde ihres Auf- und Untergehens fest. Danach wird die Menschheit die Tage und Jahreszeiten kennen." (Danach wird das Gestern im Gestern gefangen sein und der heutige Tag wird nur ein enger Kasten sein. In dieser noch neuen Welt gibt es noch keine Kiste, die mit Geschichten gefüllt ist.)

Die Frau spricht:

„Ich kenne mich noch nicht. Ich kenne noch nicht einmal meine Herkunft."

Sie blickt auf ihre zehn Finger. Ihr Körper beginnt, sich verwirrt zu fühlen. Auf den Fingergliedern ist geschrieben „Erde", aber sie erinnert sich an nichts, was Erde angeht. Dort steht auch geschrieben „Rippe", aber sie kennt bloß einige Schritte von ihrem Werden bis unter den Baum.

Die Schlange antwortet nicht. Sie kommt vom Baum herunter, windet sich um die Frau herum und küsst ihre Augenbrauen. Nase und Lippen. Auf ihrer Brust bricht plötzlich die Nacht ein. Auf ihrer Brust dröhnt ein Sturm – als ob von Süden. Die Bühne ist im Tumult. Zarter Wind lässt die Blätter rascheln. Die Tiere laufen durcheinander zum Ufer. Verstecken sich. Der Sturm schleudert die Frau gegen den Baumstamm und sie wird zugleich blind.

Jenseits ihres Blicks nimmt die Schlange menschliche Gestalt an – wie das Wesen auf der Flussoberfläche. Sie kommt näher. Sie klebt an ihr: die Frau und ihr siamesischer Zwilling. Ihr doppelter Körper mit aneinanderklebenden Lippen, miteinander verbundenen entzündeten Geschwulsten und nässender Haut.

Der gelbe Halbmond und sieben niedergeworfene, trüb scheinende Sterne. Die Frau lernt, indem sie berührt, bis dass ein Schrei auffährt wie ein Blitz, der in eine Felsspalte einschlägt. Dann fällt alles herunter. Körper und Früchte des Lebensbaumes sowie des Baumes der Erkenntnis von Gut und Böse.

Daraufhin lässt der Sturm nach. Und die Schlange nimmt wieder ihre ursprüngliche Gestalt an. Die Frau liegt da und bewegt sich nicht. Aber wir alle wissen, dass sie nicht tot ist. Wir wissen bloß, dass ihr Körper nun schon weiß.

Der Mann, der erste Mensch, ist weiterhin nicht zu sehen. Aus dem Gebüsch wispert die Schlange:

„Niemals wirst du sterben."

Die Frau hört und ist geschützt im Traum von den Früchten des verbotenen Baums, die verstreut auf dem Boden liegen. Ihre Schalen haben Risse wie Eier. Aus ihrem Inneren kommen die Engel mit Masken der Nacht hervor. Jeder von ihnen mit einem Buchstaben, der in die Stirn geritzt ist. Langsam fliegen sie und bilden dunkle Wolkenschwaden. Dann fällt einer nach dem anderen herunter wie Regen. Auf der Bühne bildet sich ein Tümpel aus gebrochenen Flügeln. Je länger es dauert, desto größer wird er. Bis dass er zu einem ausgedehnten düsteren Meer wird.

Die Frau nähert sich und sieht auf der schwarzen Meeresoberfläche ein schönes Lebewesen. Auf seinem Kopf trägt es eine glitzernde Mähne. Auf der Brust zwei hübsche Früchte. Am Beinansatz ein stacheliges Gestrüpp. Und es schaut sie an. Aber sie hat keine Angst mehr, denn sie kennt es bereits.

Sie taucht ihren Fuß in das Meer, und das Meer öffnet sich wie Seiten in einem Buch, das sich immer weiter öffnet. Die Frau geht immer tiefer hinein, und sie fühlt sich glücklich. Im Moment, bevor sie eintaucht, sieht sie auf dem Meeresboden das Antlitz Gottes. Sie fragt:

„Werde ich sterben?"

Aus dem Mund der Schlange, die im Mond abgebildet ist, kommt die Antwort herausgeschleudert:

„Niemals wirst du sterben. Aber du wirst wissen, dass du sterben wirst."

Danach ist nur zu hören, wie die Schritte des Mannes, des ersten Menschen, sich nähern.

In der siebten Reihe links, vier Stühle vom Ende, sitzt Gott und weint. In seiner Hand hält er einen Würfel. Auf allen Seiten steht geschrieben: Sünde.

Morgens im Park

Die beiden Männer sitzen nebeneinander auf einer Parkbank, so wie Bücher in einem brüchigen Regal. Der Wind zerzaust ihre grauen Haare. Ein altes Zeitungsblatt, das auf dem Gras herumfliegt, bleibt schließlich auf ihren runden Schuhspitzen liegen. Niemand kümmert sich darum, es beiseite zu schieben. Beide tragen noch einen Wintermantel, der den Körper verschwinden lässt. Die Sonne ist wirklich noch nicht warm. Die kalte Jahreszeit ist gerade erst vorüber. An diesem Morgen ist ein zarter, klarer Duft wahrnehmbar. Die Geräusche der Stadt säuseln zwischen den Zweigen und Blättern, lassen sich dann langsam auf den Ohrmuscheln nieder.

Niemand spricht. Sie sind beide damit beschäftigt, Bilder in ihrem Kopf herumkreisen zu lassen. Auf dieser Bank nennen sie das „Erinnerungen" – alles, was zurückgeblieben ist. So wie Schritte im Staub.

Jahre zuvor war es schwierig, sich diesen Tag vorzustellen. Selbst jetzt fühlt es sich noch merkwürdig an, siebzig Jahre alt zu sein. Vieles hat sich verändert, vieles ist geblieben. Sie sind weiterhin Nachbarn und trinken abends noch gemeinsam Kaffee. Alle drei Tage kaufen die beiden auf dem Markt Brot, Milch, Fleisch und Kleinigkeiten für den täglichen Bedarf ein. An jedem Mittwoch gehen sie zur Versammlungshalle neben dem Rathaus, spielen Bridge mit anderen alten Leuten. Manchmal kommt eine Kindergruppe, die für sie Musik spielt. Die kleinen Kinder, die sonntags eifrig und voller Begeisterung zur Kirche gehen, antworten „Sehr gut!" wenn wir fragen „Wie geht's?"

Wie geht's. Die beiden haben schon vergessen, wann sie sich das letzte Mal mit diesem Satz begrüßt haben. Vielleicht fühlen sich alle Tage gleich an, wenn wir lange genug leben. Gestern, vor drei Tagen, letzte Woche, letzter Monat, sogar letztes Jahr sind nicht sehr viel anders als der heutige Morgen. Die Zeit, vielleicht ist sie wie ein Glas Wasser, das alles wegputzt, was wir jemals mit der Zunge gekostet haben – süß, bitter, salzig, scharf, sauer – und es geschmacklos und neutral zurücklässt. So ist Geschmack jetzt geworden. So wie heute Morgen das Sandwich von Dom.

„Ich habe gestern vergessen, Schnittkäse zu kaufen", der Mann kratzt sich an seinem juckenden Kinn. „Der Käse, den ich vorhin gegessen habe, ist schon hart und trocken. Als ob ich dünnes Gummi kaue, nicht ein belegtes Brot."

Sam kichert langsam. „Wir haben das gleiche Schicksal", sagt er, „ich habe vergessen, Zahnpasta zu kaufen. Gestern Abend musste ich meine Zähne notgedrungen mit Flüssigseife putzen."

Beide lachen auf. Ein paar Tauben, die sich gerade neben ihren Füßen sonnen, fliegen sofort erschrocken auf.

„Flüssigseife! Hahahaha... Wie schmeckte die?"

„Wie die Suppe, die Mathilda kocht!"

Sie krümmen sich vor Lachen.

Mathilda, Mathilda. Mathilda Mendez macht ihr Haus sauber. Sie kommt zweimal pro Woche. Eine korpulente Frau, die immer fröhlich ist und fleißig arbeitet. Fegen, Staub wischen, Abfall wegwerfen, Fenster putzen, den Rasen mähen, sodass er nicht zu hoch wird, und dafür sorgen, dass die Toilette immer gut riecht – das sind ihre Aufgaben. Kochen – nicht.

Aber ganz sorgfältig reinigt sie den Kühlschrank und verwendet alles darin, was beinahe verfault ist. Als Einwanderin aus einem armen Land empfindet sie es als Sünde, wenn man Nahrung verfaulen lässt. Trotzdem ist sie keine gute Köchin. Ihr gebratener Speck ist immer zäh und angebrannt. Ihre Omelettes sind immer versalzen. Ihre Pasta-Kreationen (Dom und Sam finden es schwierig zu definieren, was Mathilda da eigentlich kocht) schmecken wie ein Medikament gegen Halsschmerzen.

Aber nichts davon kann ihre Suppe schlagen. Die beiden Männer werden immer blass, wenn Mathilda ihre Suppe auftischt: Eine klare Flüssigkeit von gelblicher Farbe mit Gemüsestückchen und einigen Zutaten, die sie im Kühlschrank gefunden hat. Zutaten, die nicht in eine Suppe gehören. Brotstücke (schon aufgedunsen und ein bisschen aufgelöst in der Flüssigkeit), geriebener Knoblauch, klein geschnittene Nudeln, gemahlene Nüsse, sogar Rosinen und Pflaumen.

Außer dem Geruch nach Angebranntem, warum auch immer, erinnert diese Suppe Dom immer an Pferdepisse. Sam nennt sie ‚Höllengift'. „Vielleicht will sie uns wirklich vergiften", ulkt er.

Aber sie wissen, dass Mathilda ein goldenes Herz hat und nicht einmal eine Ameise töten könnte. Sie ist nur eine gute Frau mit reinen Absichten – eine Kombination, die sogar ungeduldige alte Leute wie Dom und Sam dazu bringt, sie nicht gefühllos zu kränken. Sie können nur an sich halten, einen Löffel nach dem anderen vor Mathilda zu schlürfen, die abwartend mit einem zufriedenen Lächeln vor ihnen steht. Mathildas Suppe ist etwas, wodurch sich Dom und Sam umso mehr als Schicksals- und Leidensgenossen fühlen.

„Genug, genug", Sam hält sich seinen Bauch, der ein bisschen spannt. Mit dem Handrücken wischt er eine Träne von seiner Wange, als wenn er vergessen hätte, einen Fussel auf einem Stück Stoff wegzustreichen. Er ist immer so, wenn er aufgeregt ist. „Wir haben ohne sie keine Energie."

„Ich weiß", kichert Dom, er steht auf und streckt seine Beine aus.

Er greift die Zeitung von seiner Schuhspitze auf. Eine Anzeigenseite. Seine Augen bleiben bei den Todesanzeigen hängen, bei einem Namen, den er kennt. „Hey! Erinnerst du dich an Monk? Er ist letzte Woche gestorben!" Er schiebt das Blatt zu Sam hinüber, der sofort seine Augen zusammenkneift und versucht, die sehr klein gedruckten Buchstaben zu lesen.

„Oohhhh...", sagt er. Was auch immer das bedeutet.

In diesen Tagen erschrecken Todesnachrichten nicht mehr und machen nicht mehr traurig. Anders als vor etlichen Jahren, als alle, die er kannte, noch lebten. Anders als vor sieben Jahren, als Doris ihn verließ. Die tapfere Doris hatte sich schließlich geschlagen gegeben vor ihrer Krankheit, die ihre Lunge zerstört hatte. Sam gibt die Zeitung an Dom zurück, der sie ordentlich faltet, sie unter die Achsel klemmt und sich wieder hinsetzt.

Wieder einmal ist zwischen ihnen die Stille da wie ein dritter Mensch – eine fremde Person, der sie niemals nahe sein können.

An dem Tag, an dem Doris ging, kam die gleiche Stille ganz langsam, nahm den Stuhl ein, auf dem sie normalerweise am Esstisch saß, kniete neben dem Rosenstrauch auf dem Vorderhof, füllte die leere Seite in ihrem Bett, legte sich schweigsam auf das Sofa, auf dem Doris immer strickend den Nachmittag verbrachte. Wenn auch ohne Gestalt und Gesicht, konnte Sam sich doch immer an sie erinnern.

Sam ist nicht mehr traurig. Er kann nicht sagen, wann genau dieses Gefühl verschwand. Anders als bei einer tiefen Wunde ging die Traurigkeit weg, ohne eine Narbe zu hinterlassen. Wenn er sich heute an Doris erinnert, kann das den Raum, der allmählich in seinem Herzen immer kleiner wird, nur ein bisschen wärmen. Aber die Stille wird immer klarer. Mit immer stärker werdender Stimme. Manchmal ist sie so geschärft, dass er nichts mehr hören kann. So wie gerade eben. Dom berührt ihn. Sam springt erschrocken auf. „Ich sage, Monique wird nicht zum meinem Geburtstag kommen", wiederholt er laut. Sam grummelt: „Ich bin nicht taub." Dom kümmert das nicht.

„Sie hat heute morgen angerufen", fährt er fort. „Sie sagt, Kiki hat Zahnschmerzen."

Kiki ist Moniques Hund. Monique ist das einzige Kind von Dom. Sie lebt in der Nachbarstadt, ungefähr zwei Autostunden entfernt. Dom liebt Monique. Monique liebt Kiki. Eine recht komplizierte Dreiecksliebe.

Zum letzten Weihnachten kam sie nicht, weil Kiki Juckreiz hatte. Der Tierarzt sagte, der Pekinese habe eine Allergie gegen kalte Luft. *Thanksgiving* musste Dom in diesem Jahr auch gezwungenermaßen mit Sam alleine verbringen, weil Kikis Zeh brach, als sie im Hinterhof einen Fuchs jagte. Ein anderes Mal sagte Monique, der Hund sei erkältet, sodass sie Dom nicht zum Arzt begleiten könne, um seine Rheuma-Anfälle untersuchen zu lassen.

„Ich höre jetzt zum ersten Mal, dass Hunde Zahnschmerzen haben können", sagt Sam. Dom zuckt nur mit den Schultern. Ihm geht es auch so, aber er will nicht noch mehr darüber in Erfahrung bringen. Irgendetwas in ihm hält ihn davon ab. Dom hält weiter an dem Glauben fest, dass Monique tatsächlich nicht kommen kann wegen der Gründe, die sie nennt. Deswegen schwieg er bloß, als ihre Besuche, die anfangs einmal im Monat stattfanden, dann nur noch alle vier Monate kamen und schließlich nur einmal im Jahr. Monique entschuldigt sich immer. Dom zeigt immer Verständnis. „Das macht nichts, mein Liebes. Ich liebe dich."

Jetzt ist Monique schon drei Jahre lang nicht mehr nach Hause gekommen. Dom kann nur seine Sehnsucht bewahren.

Er bewahrt diese Sehnsucht in einem Schuhkarton unten im Schrank auf. Manchmal, wenn er wirklich einsam ist, zieht der alte Mann den Karton aus seinem dunklen Platz hervor und holt den Inhalt ein Stück nach dem anderen heraus: Briefe, Postkarten, alte, schon vergilbte Familienfotos, abgewetzte Zeugnisse und den Ehering, den er nie mehr getragen hat, seit Cecil ihn und ihr sechsmonatiges Baby verlassen hatte, um mit einem Rock-Gitarristen wegzugehen, wer weiß wohin.

Dom hat nie aufgehört, Cecil zu lieben. Er hat nur aufgehört, Musik zu hören.

Sam schielt zu seinem Freund hinüber. Er weiß, was Dom gerade denkt. Langsam schlägt er auf sein Knie. „Wegen deines Geburtstags", sagt er mit freudiger, ein bisschen gezwungener Stimme, „wir machen ein Fest. Wir laden alle unsere Freunde ein, um zu feiern!"

Dom zählt an den Fingern ab. „Du hast vergessen, dass es von unseren Freunden nur noch drei gibt."

Sam lächelt. „Ich weiß."

Die beiden lachen.

„Na gut. Wir machen ein Fest bis zum Morgen. Ich werde Mathilda bitten, für uns zu kochen!"

Die beiden lachen schallend, sie kümmern sich nicht um die merkwürdigen Blicke der Frauen, die nach und nach mit ihren Kinderwagen und ihren munter umherlaufenden Kindern auftauchen.

Die Sonne steigt höher. Die Schatten werden kürzer. Dom blickt auf seine Armbanduhr am rechten Arm. „Es ist zehn Uhr. Willst du Kaffee?" Aus dem Augenwinkel sieht er Sams Kopfnicken. Beide stehen auf, langsamen Schrittes verlassen sie den Park. Am Ende der Straße ist schon das Schild zu sehen mit der trüben Aufschrift „Sebastian Coffee".

Dieses Schild ist dort schon seit – wer weiß wie lange.

Party

1.

Lychee Martini für mich. Wodka Tonic für dich. Ich erhebe das Glas, sehe dich über den klaren Rand hinweg an. Der Glanz fällt matt und fegt über dein Haar, fegt über dein Gesicht, betont jede Linie und jede schöne Falte. Mir wird warm ums Herz. Liebster, lass uns aufeinander trinken. Wozu, fragst du. Ich denke einen Moment nach. Braucht es wirklich einen Grund, um aufeinander zu trinken? Du zuckst nur mit den Schultern. Na gut. Auf den hundertsiebenundzwanzigsten Tag unseres Zusammenseins.

Du stockst, bist still. Dein Blick fliegt an meinem Kopf vorbei. Du schweigst. Blickst ins Leere. Das Glas hängt an den Lippen. Einfach so. Mist. Ich weiß, wohin du gehst. Also trinke ich sofort in einem Zug die süße, betrunken machende Flüssigkeit. Bis zur Neige. Dorftrampel, wisperst du. Ist mir doch egal. Ich habe es geschafft, dich zurückzuholen. Ich räuspere mich. Heftig. Du gerätst in Panik. Heimlich schielst du nach rechts und links und versuchst dich zu vergewissern, dass niemand mich gehört hat. Ich lache. Warum? Schäme ich mich? Ja. Ich bin wirklich ein Dorftrampel. Und ja, ich will mich betrinken. Damit ich für einen kleinen Moment vergessen kann, dass du unfähig bist zu wählen: Die, die *sophisticated* ist, oder mich Dorftrampel.

2.

Der Rücken ist so schön. Wirklich. Ausgebreitet über den *backless*-Falten von Martin Margiela, die ein bisschen die Pobacken freigeben, macht der Rücken dich starr. Unfähig, dich zu bewegen. Und die Finger. Die gebeugten Finger, die hübsch auf dem Knie aufliegen, sind wirklich erstaunlich. Ich bewundere den Fleiß, Stunde um Stunde damit zu verbringen, sie zu pflegen, damit sie so aussehen – warte, mir fehlen die Worte – damit die Finger so ... vollkommen aussehen. Ja. Vollkommen.

Ich denke, sie weiß genau, wie sie deine Augen zufriedenstellt.

Adrett schlägt sie ihre Jimmy-Choo-Füße übereinander, lässt dich neben sich sitzen, auf dem frei gebliebenen Sofarand. Sie schielt ein bisschen zu dir hin. Nur ein bisschen ist schon genug, um dein Herz flattern zu lassen. Dann schaut sie unbekümmert wieder umher, in andere Gesichter, die sie mit gierigen und eifersüchtigen Blicken umkreisen. Du kannst nur schweigsam an ihrer Seite bleiben. Das Geplauder fließt wie alkoholische Getränke in klaren Gläsern. Du hältst durch mit einem Glas, das du schwach in der linken Hand hältst.

Keckes Lachen hallt in der Luft wider, die voll ist mit Geplapper über Kanye West. Bitterer Klatsch setzt sich auf der Zunge ab. Es brodelt genießerische Fröhlichkeit, vermengt mit Düften von Bvlgari und Hermés. Ist er schwul? Beim letzten Treffen in Mailand hockte er mit einem *Mann* zusammen auf dem Corso Como. Eine alte Geschichte. Bestimmt ein Geldproblem. Die Dingens will sich scheiden lassen, oh. Nein, nein. Ihre neue Geliebte ist auch eine Frau. Sicher. Ihr kleines Geheimnis. Was noch? Der da, der klettert gerade die Berühmtheitsleiter rauf. Krass, vielleicht. Sein billigstes Gemälde hat den gleichen Preis wie eine Birkin Bag. Die Krokotasche, täusch dich da mal nicht. Richtig. Er hat schon einen Vertrag mit einer Galerie für zwei Jahre. In Ordnung, geifer nicht. Lass uns bald mal in meinem neuen Haus abhängen. Der Architekt ist dieser Typ hier. Er ist im Moment der Hippeste. Interessiert? Ich auch. Früher mal. Aber er hat schon eine Geliebte. Oh, wie schade für dich ...

Ein zweites Glas. Dann ein drittes. Dann das werweißwievielte. Das Zählen bleibt hängen zwischen Fetzen von *hot fashion items* und Lügen, die von einem Cocktail zum nächsten elegant präsentiert werden.

Aber es ist erst früher Morgen. Zwanzig Minuten nach Mitternacht. Noch viel Zeit, bevor das Sandmännchen kommt und dir Müdigkeit bringt. Ich lasse dich in Ruhe, damit du in deinem trockenen Traum umherschweifen kannst. Betrunken. Du brauchst nur betrunken zu sein, um in diesem *crème de la crème*-Tümpel zu schwimmen. Aber jede Party hat ein Ende. Der Glanz des *glamour* wird abflauen. Du musst nach Hause gehen. Endlich. Nach Hause. Nicht weggehen.

Weit am Rande des Tages wird deine Liebe mich voller Kummer suchen. Durstig und einsam. Schamlos wirst du kommen und meinen Fuß lecken – wie Minnie, mein geliebter Minibeagle – und um ein bisschen Platz in der Lücke zwischen Brust und Schenkel betteln. Du wirst nass werden und dich ergießen. Ganz mühelos.

Ich denke, ich weiß genau, wie ich deine Begierde stille.

3.

Man sagt, der dunkelste Moment innerhalb des ganzen Tages ist der kurz vor der Morgendämmerung. Die letzten Sekunden, bevor die Helligkeit anbricht. Für mich: ein Traum. Schwarz. Meine Träume sind immer schwarz. Ohne Farbe. Nur zäh in Schichten ohne Abstufungen. So ist es. Nachdem die Party vorbei ist oder auch nicht.

Warum, fragst du. Ich weiß nicht, antworte ich. Vielleicht ist ein Traum tatsächlich keine Blume. Auch kein Himmel. Ich liege zusammengerollt wach, umschlinge meinen Körper, der matt und kraftlos ist. Du sitzt an meiner Seite. Siehst mich mit deinen stillen Augen an. Der Regen ist noch nicht zu Ende, aber die Kälte hat sich schon lange in die Nacht hinein verflüchtigt. Verschämt liebkost deine ausgestreckte

Hand meine Augen, die widerwillig nachgeben. Du beugst dich herunter und streichst einen weichen Kuss auf mein Ohr. Habe keine Angst, hauchst du. Schlafe, denn ich werde bei dir wachen.

Ich bin verschlossen, mit einer quälenden Bewusstheit. Du näherst dich. Umschlingst mich. Drängst. Sinkst ein. Tief hinein. Dein Atem ist beklommen. Dringst in die engen Räume in mir ein. Ich bin in deiner Hand, werde festgehalten – eine durchsichtige Leere, die bald überschäumt. Ich weiß, du bist schon gekommen.

In meinem schwarzen Traum wirst du blau.

4.

Was sieht sie so aufmerksam an? So lange? Ein Zigarettenstummel, der zwischen ihren Fingern eingeklemmt ist, wird langsam zu Asche, ohne dass sie überhaupt einen Zug genommen hat. Der hoch schlingernde Rauch trifft auf den matten Lampenschein, der fast völlig von der Dunkelheit verschluckt wird. Auf dem Tisch lassen volle und halbvolle Gläser Kondenswasser entstehen. Es tropft. Hinterlässt nasse Spuren auf der feinen Tischplatte.

Sie bewegt sich und berührt eine andere Frau neben sich, weist mit ihrem Kinn in eine Richtung. Die Augen der Frau folgen, dann schauen sie beide. Lange. Ihre Körper sind verkrampft. Wie starr. Aber nicht vor Kälte, sicherlich. Obwohl die Klimaanlage gut funktioniert, scheint sie wirkungslos für sie zu sein. Vielleicht weil sie ein dickes Fell haben. Ihre Schultern liegen weiterhin offen. Ihre Schenkel sind weiterhin nackt. Die Musik pocht immer weiter, übernimmt das Geplauder, das in der Luft still geworden ist.

Dann?

Sie hebt ein Bein hoch. Endlich. Lehnt den gerade etwas angespannten Rücken an. Zigarettenasche fällt herunter und macht ihren Schoß schmutzig. Es kümmert sie nicht. Das Armband macht ein leise klirrendes Geräusch. Ihre Augen sind noch immer fest dorthin gerichtet. Schwein. Sie schimpft. Hund. Sie zischt. Schwein. Hund. Schwein. Hund. Schwein. Hund.

In dem Raum sind weder ein Schwein noch ein Hund. Nur Menschen und Menschen, die sich herausgeputzt haben und eine ausgesuchte Duftmischung verströmen. Aber am Ende des imaginären Fadens bleibt ihr Blick hängen an einem Menschenpaar, ein Mann und ein Mann, die einander zärtlich festhalten. Ihre Augen lassen nicht voneinander los. Ihre Gesichter entfernen sich nicht weiter als einen halben Zentimeter voneinander, so wie zweipolige, sich stark anziehende Magnete. Die Männer, die anscheinend Schwein und Hund sind, die sich in Menschen verwandelt haben, zwingen diese Frau, ihr Getränk herunterzustürzen. Und die anderen Getränke auf dem Tisch.

Als sie einander schließlich küssen, weint die Frau.

5.

Sie küssen einander. In der fünfundfünfzigsten Minute nach ein Uhr. Zwischen lautem, nahezu hysterischem Auflachen – ob sie nun betrunken sind oder nicht. Die Luft ist schwer vom dichten Rauch. Die Augen sind fast geschlossen, hängen im Halbkreis auf den grauen Augensäcken. Die Worte sind auf dem schmutzigen Fußboden verstreut, nachdem sie lange genug als Locksprüche gedient haben. Die halbe Stadt ist schon zerkaut wie Betel. Die auf dem Boden liegenden Opfer der

Verleumdungen haben keine Bedeutung mehr. Schon hinüber. Ein Drittel von Tokio wurde schon bereist. Die weit entfernte Stadt dort ist nun schon so nahe wie der Nachbarschaftsbezirk nebenan. Es bleibt nur wenig übrig, denn jede Stelle ist schon markiert. Daikanyama. Shinjuku. Roppongi. Omotesando. Aoyama. Ginza. Vollständig mit den kleinen Gängen und jedem daran klebenden *fashion*-Laden und *concept store*. Bape. Beams. Huhh ... Underground ist noch spannender! Nein. Minä Perhonen. Nein, nein. Mihara Yasuhiro. Oder N. Hoolywood? Aber du musst Yohji sehen. Issey? Bitte schön ...

Aber die Musik dröhnt immer heftiger, immer schneller, stößt die nicht ermüdenden Körper an. Der flache Mond scheint grell vom dunklen Himmel. Los, beweg dich. Ich habe dir die Nacht geliehen, um zu feiern. Also hör nicht auf. Sei verrückt. Nun sei verrückt. Solange du noch kannst.

Also bewegen die Körper sich. Schwitzen. Stöhnen. Stampfen gemeinsam. Wiegen sich hin und her. Zucken. Umarmen sich. Dicht. Nahe. Eng. Dann gibt es nicht einen einzigen frei schwebenden Körper, weil alle aneinander haften.

Sie küssen einander. In der fünfundfünfzigsten Minute nach zwei Uhr. Diese Frau und dieser Mann. Dieser Mann und jener Mann. Jener Mann und jene Frau. Jene Frau und eine andere Frau. Die andere Frau und ein anderer Mann. Der andere Mann und ich. Ich und die Imagination. Imagination und feuchter Traum.

Don't be shy. Dies ist einfach nur eine sehr angenehme *hyper-reality*.

6.

Erschöpft? Fragst du. Die Frau antwortet nicht. Ihre Augen sind zusammengekniffen. Ihr Kopf ist nach hinten gestreckt. Aus ihren leicht geöffneten Lippen höre ich ein langsames Schnarchen. Lustig, so wie ein Schweineferkel. Ihre weit auseinander fallenden Beine – mit noch daran hängenden *high heels* – lassen ihre blau gesäumte Unterhose sehen. Du lächelst, nickst, als ob sie eine süße Antwort gegeben hätte.

Erschöpft? Fragst du eine andere Frau. Sie hängt schlaff herab und ist verlegen. Müde, sagt sie. Ihr Kopf ist am Sofa angelehnt. Dann gähnt sie, breit und laut. Anscheinend bin ich nicht die einzige, die sich hier niedergelassen hat. Ihr Körper ist dort versunken, zusammengefaltet und gebogen, formlos. Die Fettpolster an ihrem Bauch hängen lose. Sind an den auch nicht mehr jungen Busen gequetscht. Wirklich, sie ist nicht mehr so hübsch wie vor vier Stunden.

Dann gehst du herum, richtest deine sympathische Frage an jede Frau, der du begegnest. Die hier und dort vor sich hin treiben. Wirklich. Dieser Raum ist wie ein Schlachtfeld. Mit Waffen aus schönen Körpern und Zungen. Mit Munition aus alkoholischen Getränken und aus hässlichem Klatsch. Und dir. Du bist die gute Rote-Kreuz-Schwester. Mit einer Öllampe in der Hand. Die fragt. Eine nach der anderen. So wie der Herr Lehrer, der die Anwesenheitsliste prüft. Sie ziehen eine Schnute, wenden ihre Gesichter ab, am besten bleiben sie stumm. Du bist dumm. Es ist ihnen egal. Nein. Nicht, weil sie betrunken sind. Einfach nur, weil es ihnen egal ist. Ich schreie in dein Ohr, das noch taub ist vom Nachhall des schallenden Lachens. Ich bin dumm. Weil ich immer noch warte. Bis dass du schließlich nahe zu mir kommst, mich an dich ziehst.

Erschöpft? Fragst du. Ich lächele. Ehrlich. Nein, antworte ich. Ich bin bloß berauscht. Von dir.

7.

Nein. Nein, kein Wasser. Noch ein Glas Whisky macht auch nichts. *More. More.* Gehorsam schenkst du das Getränk in ihr Glas ein. Sie trinkt es mit einem Schluck aus. Ich muss betrunken sein, bevor ich nach Hause gehe, sagt sie. Häh? Nicht ‚nach Hause gehen, bevor du betrunken bist'? Sie schüttelt den Kopf. Nein. Nein. Du weißt, ich muss betrunken sein. Wenn nicht, werde ich nicht vor meinen Ehemann treten können. Dieser Mann, lacht die Frau bitter, ist so abscheulich. Wer weiß, warum ich ihn damals heiraten wollte. Vielleicht wegen seines Geldes? Frage ich weiter. Sie schaut durch mich hindurch. Dann nickt sie immer wieder. Vielleicht. Vielleicht. Sie murmelt langsam.

Gerechter großer Gott. Diese so schöne Frau ist offensichtlich so dumm.

8.

An diesem noch frühen Morgen will ich dir sagen, dass ich dich liebe. Wirklich. Voll und ganz. Wenn auch mit einem Gesicht so zerknittert wie eine Tüte mit fettigem Gebratenen. Mit wirren Haaren wie ein Vogelnest. Mit einem Körper, der so schlapp ist wie ein nasser Faden. Mit einem Atem, der so riecht wie Abwaschwasser. Und mit Zähnen, an denen Essensreste kleben. Mit säuerlichen Dünsten aus der Achselhöhle. Mit triefenden Augen und einem feuchten Geschlecht.

Aber etwas, was ich nicht kenne, hat die Zunge gelähmt. Sodass ich einfach nur verstumme. Ich versuche zu stehen, wankend. Mit schwankendem Bewusstsein versuche ich, dich an mich zu ziehen. Du erstarrst zur Säule. Wendest mir den Rücken zu. Du blickst weit bis zum Horizont. Die ganze Stadt schläft noch. Träumt, dampft ein bisschen aus den engen Spalten zwischen den Dächern.

Deine Augen betrachten lange den Mond, der bald untergeht. Und die Sonne, die heraufklettert. Die Luft ist wie eine kalte Decke, die Gänsehaut macht. Du schauderst, dann wendest du dich ab. Lächelst. Und stützt mich beim Gehen mit Schritten, die nicht mehr schwer sind.

Lass uns nach Hause gehen, flüsterst du.

Inspiriert durch das Gemälde von Davy Linggar ‚Don't be shy 1-8' LINGGARseni August 2008

Sempurna

Aku mengamatinya baik-baik seperti seorang peneliti mengamati preparat di bawah mikroskop. Buatku, yang tiap keluar rumah hanya sempat cuci muka, apa yang dilakukannya dengan penampilannya membuatku terkagum-kagum.

Enam lima belas. Rambutku cuma kuikat dengan karet pembungkus mie rebus. Rambutnya rapi dengan ikal yang menggantung di bahu. Mataku berair mengantuk. Bulu matanya superlentik dengan *eye shadow* dua warna yang mirip kaos kesebelasan Barcelona. Bibirku kering. Bibirnya merekah. Dengan pulasan khusus, ia mampu membuat bibirnya seseksi Angelina Jolie. Aku memakai jaket *corduroy* lusuh. Ia mengenakan *sweat shirt* indigo berleher kura-kura yang melekat rapi di tubuh. Sobekan jinsku membuatnya tak layak disebut celana. *Slack* hitamnya lurus kaku dengan garis lipat yang membagi kakinya secara simetris. Di telapaknya, fantofelnya runcing mengkilap. Aku masih berbau ludah kering. Dia wangi. Dari radius 5 meter, aku bisa mengendus *Angel*, Thierry Mugler.

Secara keseluruhan, Lara mewakili apa yang disebut oleh lembaga-lembaga pengembangan kepribadian sebagai 'sempurna'. Berdiri berhadapan di ruang tunggu keberangkatan pesawat, kami seperti Cinderella sebelum dan sesudah disihir ibu peri. Tak sulit menebak siapa yang mana.

"Kamu bangun jam tiga." Tuduhku. "Kok tahu?" Dia heran. "Cenayang." Sahutku ngawur. Aku sudah berhitung. Dikurangi jarak tempuh dari bandara ke rumahnya, dikurangi waktu yang dibutuhkan untuk berdandan, dia pasti bangun jam tiga. Di jam yang sama aku masih mimpi berburu babi.

Lalu kami duduk bersebelahan. Tidak tepat begitu. Satu kursi diluangkannya di antara kami. *Large-cabat*-nya bertengger anggun di situ. Tanpa kutanya dia mengatakan tujuannya pergi ke negeri singa. "Aku mau ketemu pacarku." Ujarnya malu-malu, bak gadis kecil yang tertangkap basah sedang jatuh cinta. "Aku mau...." "Pacarku akan menjemput nanti." Potongnya lekas. Jelas dia tak berminat pada alasanku pergi ke tempat yang sama.

Maka aku diam. Tanpa bisa kubendung, ceritanya menderas.

Lelaki itu bernama Thomson, asal Inggris. Lengkapnya: Gregory Chabris Thomson. Lara memanggilnya: Greg. Mereka bertemu di festival sastra di Belanda tahun lalu dan langsung saling jatuh cinta. Dia menunjukkan *wallpaper* telepon genggamnya. Foto sang kekasih. Ia memang ganteng, dengan muka keras dan mata cerdas. Kulitnya sedikit gelap untuk kaukasian. Di foto itu ia mengenakan kemeja *khaki* lengan pendek dan celana pendek coklat tua. Mirip seragam pramuka.

Sejak itu, mereka seperti awak maskapai penerbangan rute Trans-Atlantik. Dua bulan sekali Greg akan mengunjunginya di Jakarta atau dia mengunjungi Greg di London. Dalam waktu satu tahun, sudah 6 kali Greg terbang ke Indonesia dan 6 kali dia ke Inggris. Aku menggeleng tak percaya. Benar-benar cinta yang berat di ongkos. "Cinta tak berhitung, Restu." Aku tak yakin. Cinta di zaman ini justru harus penuh perhitungan. Jangan sampai rugi saat mogok di tengah jalan. Atau mungkin aku belum pernah jatuh cinta.

Matanya membelalak heran. Aku tergoda untuk menjelaskan pemahamanku tentang cinta, tapi batal. Tak ada gunanya membahas itu dengan perempuan yang sedang mabuk. Ia memang mabuk. Tubuhnya doyong ke kiri ke kanan. Senyum terkembang terus di wajahnya, seolah ada cantolan di belakang kuping yang menarik ujung bibirnya ke atas, mencegahnya berubah. Matanya tak penuh terbuka. Dengan suara labil ia berkata, "Akhirnya aku menemukan orang yang benar-benar kucintai dan mencintaiku. Ini sempurna!"

Seingatku, ini kali keempat aku mendengarnya mengucapkan kalimat serupa. Mungkin dia pelupa. Pelukan di atas *London's Eye* bisa saja membutakan matanya terhadap masa lalu. Ciuman di bawah *London Bridge* barangkali cukup untuk meruntuhkan nostalgia.

Tapi mengapa di Singapura? Tidak di London atau Jakarta? "Entah. Greg mau begitu. Tapi firasatku berkata, ini akan jadi sesuatu yang spesial." Aku tidak percaya pada firasat dan yang spesial menurutku cuma nasi goreng. "Ada yang sangat penting yang ingin Greg katakan padaku." Dengan kemajuan teknologi yang ada di dunia ini, Greg memilih untuk terbang dari London ke Singapura hanya untuk mengatakan sesuatu. Tentu ini tidak kuucapkan. Lara terlihat berpikir sejenak. Duduknya jadi gelisah. Suaranya tiba-tiba berbisik, "Kurasa Greg akan melamarku." Aku mengernyit. "Kamu yakin?" Lara menggeleng. "Dia memang bersikap sedikit aneh tentang pertemuan kali ini. Tapi kalau itu terjadi," dia menatapku, bibirnya bergetar, "aku akan jadi perempuan paling bahagia di dunia."

Drama queen. Tapi aku telah mengenalnya sejak lama, jadi tak lagi heran. Aku menggenggam tangannya dan berkata semoga itu terjadi. Panggilan untuk *boarding* menghentikan percakapan dan memisahkan kami. Ratu dramaku di kelas bisnis. Kelas ekonomi hanya untuk perempuan biasa yang tak pernah bermimpi dijatuhi cinta oleh pangeran tampan. Hanya berburu babi…

Singapura kota yang sempit. Aku tak heran menemukan Lara dan seorang lelaki sedang duduk minum bir di *Holland Village*. Matahari sudah miring, tapi udara masih panas. Meski begitu, Lara berdandan lengkap. Wajahnya seperti sekendil gudeg komplit yang tak boleh ketinggalan satu *condiment* pun. Entah itu telur bacem atau sambel goreng krecek. Entah itu maskara hitam atau lipstik penebal bibir. Kali ini rambutnya dijepit ke atas. Ikalnya jatuh rapi di tengkuk.

Tak banyak orang berlalu-lalang hingga aku segera terlihat. Lara melambai penuh semangat. Meski enggan, aku mendekat. Dia menyambutku hangat dan mengenalkan lelaki di sebelahnya sebagai 'pacar'. "Greg," ujarnya menjabat tanganku. Sudah kuduga. "Senang bertemu denganmu." Greg kelihatan tegang. Lara mendesakku bergabung. Aku menolak halus dengan alasan belum haus dan ingin berjalan 2 kilometer lagi. Kupencet-pencet perutku yang agak buncit untuk menunjukkan kelebihan lemak yang harus dibakar. Dengan ekspresi menyesal, kutinggalkan mereka. Tentu aku tak berjalan sejauh itu. Aku belok di blok berikut, memilih bar paling remang dan kursi paling tersembunyi untuk duduk. Aku memesan sepiring *calamari* dan sebotol bir dingin. Setelah dua teguk, aku merasa bersalah telah membohongi Lara. Tapi dari dulu aku memang tak pernah nyaman berada di dekatnya.

Lara adalah anak perempuan idaman semua orang tua. Ibunya dan ibuku bersaudara jauh hingga bisa kukatakan aku dan dia bersaudara sangat jauh. Tapi arisan-arisan keluarga membuat kami selalu bertemu sebulan sekali. Di pertemuan tersebut, ibu-ibu selalu saling membandingkan anak-anak mereka begitu rupa, hingga aku merasa seperti sapi di pasar hewan yang ditakar harganya dari kondisi gigi. Ibu Lara selalu menguasai pembicaraan. Mungkin karena ia punya banyak hal untuk dibanggakan. "Kebetulan Lara juara umum lagi…kebetulan puisi Lara dimuat di koran minggu…kebetulan Lara terpilih mewakili sekolahnya untuk lomba nyanyi…kebetulan minggu depan Lara resital piano di Gedung Kesenian…" Dengan segala kebetulan itu, mereka pasti keluarga yang sangat beruntung.

Lara tak pernah bermain bersama kami—anak-anak sebayanya. Ia selalu duduk tenang di sebelah ibunya, menerima pujian dengan senyum semanis kolak. Ia akan tetap cantik hingga arisan selesai, sementara kami—sesudah memanjat pohon, menyusuri got, main tap lari, dan berkelahi—akan pulang dalam kondisi compang-camping. Aku tak pernah keberatan dengan arisan keluarga, tapi selalu gerah sesudahnya. Perjalanan pulang akan diisi dengan petuah dari ibu berjudul "Bagaimana Menjadi Anak Perempuan yang Baik". Contohnya tak pernah berubah: Lara. Aku tidak ingin jadi Lara. Buatku, ia adalah boneka ibunya. Aku sebal dan tak mengerti kenapa ibu ingin aku jadi boneka.

Suatu ketika, aku begitu kesal, sampai mengusulkan pada ibu untuk menukarku dengan Lara. Ibu bilang, keluarga tak bisa ditukar. Aku bilang, sayang sekali. Soalnya, kalau bisa, aku ingin menukar ibu. Ibuku terkejut. Dengan siapa, tanyanya marah. Dengan Nyai Roro Kidul, jawabku mantap. Gara-gara itu aku dihukum berat. Setiap hari sepulang sekolah, selama sebulan sesudahnya, aku harus pergi ke rumah Lara. Aku memprotes. Tapi ibu telah membuat satu konspirasi dengan ibu Lara untuk mengubahku. Aku tak berdaya melawan. Setiap hari, ia akan menjemputku di sekolah, mengantarku ke rumah Lara dan baru akan menjemputku jam 8 malam.

Tapi Lara senang sekali. Meski sama-sama anak tunggal, rumahku selalu ramai dengan anak tetangga. Rumah Lara selalu sepi. Cuma ada pembantu dan seekor kucing bernama Princess. Lara punya banyak sekali buku, tapi hampir tak punya mainan. "Aku punya satu boneka," katanya. Dari dalam laci lemari ia mengeluarkan sebuah boneka kain. "Aku Aral," ujarnya dengan suara yang dikecilkan. Aku terkesiap. Itu boneka paling mengerikan yang pernah kulihat.

Aral tak lagi punya jari. "Aku menghukumnya. Dia tak bisa memainkan *Traumerei*. Payah, ya?" *Traumerei*. Robert Schumann. Opus lima belas nomer tujuh. Dia menghukum bonekanya karena tak bisa bermain piano. Aku tak tega melihat kepala Aral yang tak berambut. "Aku mencabutinya. Dengan kepala botak, Aral bisa mengerjakan matematika dengan lebih baik." Aku tak berani bertanya tentang jarum yang menghunjam sebelah mata Aral. Belakangan aku baru sadar, Aral adalah Lara yang dieja terbalik.

Umur kami 12 saat itu. Sebulan di rumah Lara membuatku tak lagi sebal padanya, melainkan kasihan. Ia hampir tak pernah bermain. Harinya habis untuk berbagi les dan belajar, dan mengumpulkan piala dan penghargaan yang terpajang di lemari besar ruang tamu. Hampir penuh. Dia terlihat senang dengan semua prestasinya. Cuma beberapa kali kudapati dia menangis di balik bantal. "Kenapa?" tanyaku. "Capek," jawabnya singkat.

Sesudah itu, aku hampir tak pernah bertemu dia. Arisan keluarga sudah tak jadi tren dan Lara dikirim bersekolah di Singapura. Lalu Australia. Lalu Amerika. Tapi dia sering menulis surat. *Curhat.* Tentang segala sesuatu. Sekolah, prestasi, dan lelaki-lelaki yang memujanya. Aku tak heran. Dia memang cantik. Dia punya banyak cerita cinta yang selalu mulai dengan dramatis. Pertemuan dalam hujan. Percakapan romantis dalam kereta senja. Pangeran-pangeran tampan yang menyelamatkannya dari naga. Yang aku tak mengerti, cintanya selalu gagal.

Pernah dia bercerita bagaimana dia putus dengan salah seorang pacarnya. Satu hari Valentine dan pacarnya terlambat datang. Padahal dia sudah menyiapkan kejutan makan malam yang sempurna. Dia memasak dari pagi hingga sore, membeli *champagne* yang mahal, dan mengenakan gaun malam yang dibeli dengan seluruh tabungannya. Pemuda itu datang lewat tengah malam, meminta maaf atas keterlambatannya karena harus mengantar ayahnya yang terserang *stroke* ke rumah sakit. Lara hanya menutup pintu di depan hidung lelaki malang itu. Keesokan harinya dia pergi ke rumah sang pacar dan melempari jendela kamarnya dengan tahi anjing yang didapat dari *pet shop* dekat apartemennya.

Terakhir, aku ketemu dia di sebuah pesta perkawinan. Dia masih tetap cantik, sudah pernah menikah, sudah bercerai, dan sedang menjalin hubungan dengan seorang penyair terkenal. "Ia betul-betul menginspirasi aku," ujarnya dengan binar di mata. "Akhirnya aku menemukan orang yang benar-benar kucintai dan mencintaiku. Ini sempurna!" Mereka hidup bersama selama tujuh tahun, kemudian putus.

Calamari-ku sudah dingin dan birku jadi hangat. Aku tiba-tiba kehilangan selera. Kubayar semuanya dan kembali ke hotel.

Hampir jam sembilan. Huruf-huruf di buku itu perlahan tapi pasti tak lagi berarti. Cuma deretan alfabet yang makin lama makin buram. Aku tahu, mataku sudah harus menyerah. Tivi masih menyala tanpa suara. Aku hampir saja memencet tombol *power* ketika monitor menayangkan sebuah berita aneh.

Seorang laki-laki bertelanjang bulat di balkon sebuah kamar hotel di lantai dua belas. Pintu di belakangnya tertutup. Laki-laki itu jelas terkunci di luar. Kamera mencoba mengambil gambar yang lebih jelas dari wajahnya, tapi ia terus-menerus berusaha menutupinya. Kamera berpindah menyoroti kondisi di sekitar hotel tersebut. Di bawah, orang ramai bergerombol. Sebuah mobil pemadam kebakaran terlihat mendekati lokasi, menguak kerumunan orang-orang yang menikmati sensasi ini.

Kamera kembali menembak lelaki tadi. Kali ini ia lupa menutupi mukanya. Atau ia mulai kedinginan, karena tangannya kini erat memeluk tubuhnya. Dengan pasrah, ia berjongkok di sudut balkon, menghindari angin yang bertiup kencang. Kamera makin mendekat. Aku tercekat. Lelaki itu adalah Greg. Kantukku langsung lenyap. Mataku tak mungkin salah. Meski tanpa baju, aku bisa mengenali dia.

Mobil pemadam kebakaran mulai mengulurkan tangga yang ternyata tak cukup panjang. Para petugas kelihatan bingung. Mereka berkumpul di samping mobil. Sesekali menunjuk-nunjuk ke atas. Kamera berpindah ke seorang reporter berwajah cemas. Aku meraih *remote control* dan mengeraskan suara. Reporter itu melaporkan bahwa pihak hotel sedang berunding dengan perempuan penghuni kamar tempat laki-laki itu terjebak. Mereka tak berani mendobrak pintu karena perempuan itu mengancam akan membunuh dirinya.

Hampir tak percaya, aku meraih *handphone*-ku. Hanya satu kali dering, sebelum terdengar suara Lara di ujung sana. "Apa yang terjadi?" Dia tertawa. Tawa yang benar-benar kering. Kudukku meremang. "Dia akan menikah, Restu." Lara mengatakan 'dia'. Bukan 'kami'. Suaranya datar tanpa emosi. "Kamu tak akan bunuh diri, kan?" Tanyaku cepat-cepat. Aku tak tahu harus mengatakan apa lagi. "Tentu tidak," sahutnya, "tapi ini malam terakhir kami bersama. Aku hanya ingin Greg mengingatnya baik-baik."

Lalu dengan detail dia menceritakan semuanya tanpa tergesa. Makan malam. Greg menyatakan niatnya untuk meninggalkan Lara. Ia bertemu seorang perempuan yang menjungkir-balikkan dunianya. Ia ingin menikahi perempuan itu dan hidup bersamanya hingga akhir zaman. Lara menelan semuanya dengan baik. Ia lalu meminta Greg bercinta dengannya untuk yang terakhir kali.

Semacam ucapan selamat tinggal. Lelaki itu tak bisa menolak. Mungkin tergoda. Mungkin juga iba. Mereka naik ke kamar Lara. Melepaskan baju masing-masing. Berciuman. Lara meminta Greg membuka pintu ke arah balkon. Ia ingin bercinta dengan kota sebagai latar. Greg yang tak curiga menurut. Ia membuka pintu. Lara mendorongnya keluar dan mengunci pintu dari dalam. Lara mengakhiri cerita dengan tawa yang kering.

Aku melongo. Benar-benar tak bisa percaya. "Restu," lanjutnya dengan nada ceria, "ini benar-benar sempurna!"

Kupu-Kupu

Di langit kadang kautemukan keanehan. Selarik putih yang bukan awan, bukan sinar. Seperti garis lintas, yang tak jelas ujung dan asalnya. Ada dan hilang. Bergetar sayu dari jauh, dan mendekat—hingga aku bisa melihat—berjuta kepak sayap kecil. Berkerumun. Berpencar. Lalu luruh seperti keping-keping salju. Berapa banyakkah kupu-kupu di negeri ini?

Malam masih keras. Hujan turun deras. Dari tepi kota, angin menderitkan besi-besi yang sekarat. Bunyi itu mengiris, menyelinap di sisi kepala orang-orang yang bergegas pulang, pergi, atau sekedar menghindari detak tajam ujung hujan di kepala. Mereka mengeluh karena terpaksa berteduh. Tapi hujan baik untuk menyeka yang lusuh: daun-daun, trotoar, gang-gang kumuh, atap-atap seng, dan jendela-jendela. Satu terbuka tiba-tiba. Tak penuh, hanya selebar siku. Di baliknya, seorang gadis berdiri. Sinar kuning merkuri lampu jalan menyelinap malas ke kamar itu.

Ia mendesah panjang. Hari ini tubuhnya perih. Tidak, ia bukan lemah, hanya lelah. Tapi aku tak mengeluh, bisiknya—mungkin pada ambang yang mengelupas catnya di sana-sini. Setiap orang toh harus menjual sesuatu untuk bertahan hidup. Sebagian menjual mimpi, sebagian menjual peluh. Ia menjual mimpi berpeluh. Itu sah saja di dunia di mana setiap orang akan mengambil apa yang mereka butuhkan. Dan ia tak malu, meski tetap akan berdusta. Lebih memalukan bila tak punya apa-apa untuk dijual. Tak ada juga yang benar-benar menyukai kejujuran. Sesungging senyum getir mengambang—mungkin buat korden yang tak lagi punya warna. Jangan ragu untuk berdusta, katanya, bukankah dongeng dan negeri para peri pun adalah kejujuran?

Lalu ia tertawa parau. Dibentangnya jendela. Dikenakannya sayap yang koyak di tepi, dan terbang. Angin dan air seketika menghambur. Dingin, meski urung menggigilkan. Dia menari di antara biru dan titik-titik ungu. Bintang jatuh dan butir salju. Tubuh itu seketika kuyup. Di bawahnya, kota yang becek dan brengsek bergerak tak peduli, memendarkan cahaya yang tak henti menggaris, menembus hujan. Debu yang lepas dari udara melapisi semua dengan kelabu.

Tapi dia menolak kelabu. Juga semua putih. Telah dikenakannya merah pada bibirnya dan jingga pada kedua puluh kuku kaki dan tangannya. Dia memulas hijau pada kelopak mata, juga jambon pada tinggi tulang pipinya. Lalu keluar menyusur gelap. Penuh warna, tak lagi putih. Bukankah aku cantik, tanyanya. Angin meniupkan siulan-siulan iseng mengiyakan. Lebih dari cantik, kamu menggoda.

Gadis itu melayang dan menari, dengan sayap sedikit koyak dan warna pelangi. Terkepak, meski berat dan basah. Ia menari melintasi jalan layang dan mobil terbang, juga kolong jembatan, lalu berhenti—tersangkut pada cabang-cabang asam kranji yang telanjang. Mungkin satu dari sedikit yang tersisa di dalam kota. Di bawah kakinya, bayang-bayang kecil berkelebat cepat seperti hantu.

Di kota ini, aku bukan satu-satunya. Aku tak tahu berapa banyak, meski kami saling tahu. Tapi bila malam mulai turun dan birahi naik, tangan-tangan hitam akan melepaskan kami, menghambur keluar dari celah-celah kota yang sempit dan tak pernah sama. Kenakan topeng kalian, teman. Malam ini kita berpesta. Kota ini tak pernah tidur, dan selalu ada yang butuh dihibur.

Kota ini? Aku menyebutnya: Hutan ini. Lihat, lihat. Awan tersangkut di pucuk-pucuknya dan ribuan kunang-kunang telah terbang. Dengar, dengar, suara-suara purba itu. Binatang-binatang telah bangun dan kini lapar. Aku akan terbang dan singgah di tiap tempat yang menyebut namaku.

Di pohon-pohon raksasa itu tinggal babi-babi dengan tubuh tambun dan lemak bertumpuk. Babi-babi akan menyukai apel-apel kecil di dadaku. Dengan napas mendengus dan suara menguik-nguik, mereka akan menjilati dan menggerogotinya. Babi memang rakus. Air liur mereka akan menetes-netes, meninggalkan bau bacin yang susah hilang. Tapi jangan khawatir, babi-babi itu pemurah dan tak pernah marah. Kau akan sanggup membeli sabun wangi sesudahnya, dan sepasang sepatu kaca. Kilapnya akan membuatmu lupa.

Tak jauh dari situ, selemparan tulang saja, akan kautemukan rumah-rumah anjing—tersembunyi di balik belukar yang berduri. Hati-hati. Duri-duri itu pernah merobekku, membuatku tak utuh lagi.

Kaudengar lolongan itu? Anjing-anjing hutan akan tak sabar menanti saat bermain. Mereka bilang kuda-kudaan. Kubilang, ini anjing-anjingan.

"Bergantian!" hardikku.

Satu barisan segera terbentuk—anjing-anjing yang patuh. Satu persatu akan menunggangiku dengan gairah, berpacu melawan angin, atau setan yang tak kelihatan. Tapi mereka mudah lelah, anjing-anjing itu. Satu persatu akan kalah, bergelimpangan sesudah muntah. Mereka akan memakiku, "Anjing!", agar sama dengan mereka. Tapi aku bukan anjing, cuma kupu-kupu, dengan sayap sedikit koyak dan warna pelangi. Anjing-anjing tak akan bisa melukaiku. Tidak dengan buntut yang terselip di sela kaki belakang, dan lidah yang selalu terjulur. Aku akan terbang, sebelum mereka sempat menyalak.

Lalu aku hinggap di sebuah rumah besar tengah hutan. Di sana telah menunggu seekor serigala tua yang telah kehilangan hampir semua giginya. Dia akan jadi Nenek dan aku si Tudung Merah. Dia akan mengenakan kerudung dan baju tidur berlengan panjang untuk menutupi rambut lebat di tangannya, juga selendang lebar untuk membungkus moncongnya. Aku sudah siap dengan tudung hasil celupan—merah menyala. Dia akan sembunyi di balik selimut, aku akan mengetuk pintu. Tok! Tok! Tok!

"Siapa itu?"

"Aku, si Tudung Merah."

"Apa yang kaubawa?"

"Cuma tubuhku."

"Apa yang kau bisa?"

"Aku? Aku bisa nakal sekali."

Serigala itu akan membiarkanku masuk dan berbuat semauku. Menarik selimutnya. Melompat-lompat di atas tempat tidur. Berteriak-teriak. Bahkan menjungkir-balikkan kursi. Dia memang telah menunggu, untuk menghukumku. Di kursi yang terbalik itu, serigala tua akan mengikatku sedemikian rupa hingga belakangku terbuka. Tak pernah kencang.

Anak nakal, bentaknya, sambil memukuli pantatku. Berkali-kali. Anak nakal, dampratnya, sambil melecuti punggungku. Berkali-kali. Anak nakal, desahnya, sambil menembusiku. Berkali-kali.

Dengan mata terpejam dan seringai tanpa gigi. Aku akan pura-pura memohon. Ampun. Ampun. Ia akan segera usai dan jatuh tertidur. Sesudahnya, aku harus menyelimutinya. Usia tua membuat serigala itu rentan terhadap dingin. Lalu aku bisa pulang, dengan sekeranjang apel merah dan roti untuk sebulan.

Tapi di tepi hutan, seseorang telah menyalakan api. Asapnya mencari langit dan mencuri perhatian. Sebuah lingkaran menjelma jadi bulan, lalu turun—ke balik hijau gelap berlapis-lapis. Pelahan mulai terdengar tetabuhan dari jauh. Gendang dan rebana yang sayu. Dencing tamborin dan detak kastanyet. Bunyi menyelinap dari balik pokok-pokok hitam dan menggema di daun-daun. Bunyi bertebaran di langit hutan, menyamarkan arah dan asal.

Aku tahu, di tepi hutan itu telah menunggu sebuah Sirkus Ajaib. Dengan gajah-gajah terbang dan burung-burung yang bisa bercakap. Singa berkepala dua dan kera pencopet. Kuda bertanduk. Naga-naga kecil. Manusia separuh kambing. Sekumpulan badut aneh dan kembar siam yang hanya senang saling meraba. Dan gipsi tua—peramal buta. Di pintu masuknya, kau tak harus membayar—hanya menyerahkan nasibmu ke dalam genggaman seorang algojo kekar bertato anggrek hutan di lengan.

Angin tiba-tiba bertiup, meluruhkan bintang-bintang yang seketika jadi arang begitu menyentuh tanah. Dalam sesaat yang tak sampai dua detik, kudengar namaku disebut. Aku menoleh, dan di depanku, sebuah jalan setapak telah terbentuk. Dengan batu-batu hitam di antara pohon-pohon yang membungkuk.

Pada suatu ketika yang mungkin, seorang ibu yang bukan ibunya menarik tubuh mungilnya dari debu. Di matanya ada teduh. Apa maumu, tanya gadis kecil itu. Ibu mengernyit. Kenapa kau bertanya begitu? Karena setiap orang selalu ingin sesuatu, jawabnya. Ibu tersenyum, lalu membelai kepalanya. Dari tangannya terembus angin yang menerbangkan kelopak-kelopak mawar. Beberapa hinggap di rambut si gadis. Aku hanya ingin bercerita, katanya. Lalu ia melepas sepatunya, dan duduk di atas tanah tanpa alas.

Seketika terbentang ilalang yang menenggelamkan mata kaki. Di belakangnya, beton-beton penyangga jembatan berubah jadi pokok-pokok pohon raksasa berdaun rimbun. Debu meleleh jadi sungai-sungai kecil yang beriak di bawah telapak. Dingin. Di airnya yang bening, ikan-ikan kecil berenang menghindari batu-batu. Suara-suara hilang, jadi hening. Kemari, katanya. Gadis mendekat takjub, diikuti belasan anak-anak yang lain. Juga puluhan burung yang terbang berceriap. Dan sepasang kucing yang tak kelihatan takut. Semua duduk dengan patuh melingkari, seperti planet-planet dan matahari. Wajahnya bersinar.

Tangan ibu itu terangkat ke langit. Dengan jari ia membentuk lingkaran di udara yang menjelma jadi bulan, lalu turun—menunjuk ke balik hutan yang tiba-tiba ada, hijau gelap berlapis-lapis. Senja jatuh serentak, udara sejuk mendadak. Di balik pohon-pohon itu, katanya, ada sebuah Sirkus. Ia melambai dan selembar pelangi terentang bagai selendang di atas kepala—sebentar, lalu pecah jadi serpihan perca berwarna-warni. Semua bertepuk kagum.

Menakjubkan, seru gadis. Tak sehebat Sirkus itu, kata ibu. Di sana, kau akan melihat yang tak pernah kaulihat. Keajaiban demi keajaiban.

Pertunjukan takkan pernah selesai. Kau akan lupa segala. Kesedihan, kepahitan, kebencian dan marah, rasa sakit dan lelah. Cuma ada tawa dan lupa. Aku mau tawa dan lupa, seru gadis. Aku mau Sirkus Ajaib itu.

Ibu tadi menoleh padanya dan menggeleng. Tawa tak selamanya tulus dan lupa akan menggerogotimu. Suatu ketika tawa akan jadi air mata, dan lupa membolongi kepalamu. Tubuhmu akan kosong seperti mayat. Jika terlena, kau takkan bisa kembali. Tapi kau harus berdiri, dan katakan: Aku mau Peramal Buta!

Peramal buta, ulang gadis itu. Ibu mengangguk. Dari rambutnya berguguran daun-daun kering. Kenapa dia? Gadis bertanya. Ibu tersenyum. Langit berubah jingga. Jawabnya: Peramal Buta melihat lebih jernih dari mata.

Lalu ia berdiri dan bersiap pergi. Langkahnya menyeret padang ilalang dan sungai-sungai. Langit jingga perlahan turun ke pundaknya, jadi jubah yang menjuntai-juntai. Diraihnya bulan, seketika burung-burung terbang pulang. Ke dalam hutan yang perlahan hilang, perempuan itu menghilang.

Sesekali di luar jendela, kulihat pemakan api lewat sambil menyembur-nyembur di atas bola. Kali lainnya, berbaris sederet pinguin mengejar gelembung-gelembung sabun. Di hari yang dingin, saat angin bertiup kencang meliukkan pohon-pohon, sering melintas penyihir hitam di atas sapu terbang.

"Ke mana?" tanyaku.

"Si..r..kus…A..ja..ib!" jawabnya terputus-putus tak jelas.

Sirkus Ajaib. Mungkin aku salah dengar. Angin telah menceraikan bunyi-bunyi jadi potongan tak berarti. Tapi aku tetap merasa sedih karena tertinggal. Aku ingin pergi. Entah dalam gelembung sabun. Entah dengan sapu terbang. Tidak lewat pintu, tentu. Tangan-tangan hitam akan menahanku. Tak boleh pergi, kata mereka, tubuh ini milik kami sejak kamu berupa bayi yang kami beli dengan nasi. Kamu berutang, tangan-tangan hitam akan berseru. Aku telah membayar dengan tubuhku, protesku. Seumur hidupku. Tapi tangan-tangan hitam itu cuma tertawa dengan suara gagak dan berkata: kamu berhutang nyawa. Lalu mereka akan menutup pintu dan menguncinya dengan gembok yang hanya akan terbuka saat harus bekerja.

Sudah lama aku belajar, yang melawan akan dihajar. Jadi, aku pura-pura menurut saja. Apakah aku menderita? Entahlah. Aku tak pernah benar-benar tahu apa itu menderita. Mungkin karena aku tak pernah tahu yang lain. Aku cuma kupu-kupu. Satu dari sekian banyak. Tak ada yang istimewa. Tapi aku tak sudi membunuh mimpi. Dengan rajin kutangkapi harapan-harapan dalam botol yang terhanyut ke kamar ini, begitu takut jika nasib baik dengan ceroboh kulewati. Aku tak boleh lengah.

Di balik jendela itu, debu dan asap tak ada bedanya. Mengaburkan pandangan. Menumpulkan bau. Bunyi juga tak jernih. Percuma mengaduh, kota ini selalu gaduh. Namun dari tengah kepulan telah kudengar musik tepi hutan yang jauh. Aku tahu, dalam genggamanku ada sebotol harapan.

Perempuan Pertama

Baiklah kita khayalkan bahwa perempuan itu ada dan ular itu ada dan taman di Eden itu ada.

Dan seperti Tuhan, kita mulai meletakkan segala sesuatu pada tempatnya: (1) sebutir matahari untuk menandai timur (2) sebatang sungai bercabang empat; Pison, Gihon, Tigris, dan Efrat (3) beberapa pepohonan yang baik untuk dimakan buahnya (4) beberapa ekor burung, sepasang rusa, sepasang babi, seekor ular (5) seorang perempuan (6) sepokok pohon kehidupan (7) sepokok pohon pengetahuan tentang yang baik dan yang jahat.

Separuh bulan telah disiapkan di sisi. Dan beberapa bintang seperlunya. Di panggung yang sempit ini tak banyak yang bisa kita jejalkan dan jajalkan. Kedua pohon itu mengisi banyak sekali ruang, kita hanya bisa menyisipkan hari yang tak utuh dan sebuah malam yang miskin.

Lalu terdengarlah kata dengan pengeras yang getas: "Semua pohon dalam taman ini boleh kaumakan buahnya dengan bebas, tetapi pohon pengetahuan tentang yang baik dan yang jahat itu, janganlah kaumakan buahnya, sebab pada hari engkau memakannya, pastilah engkau mati."

Ciap-ciap burung segera menggantikan firman. Matahari menggantung seperti jeruk. Sungai mengalir diagonal dari ujung ke ujung. Binatang-binatang bergerak canggung. Perempuan itu berdiri di bawah pohon pengetahuan. Ular melilit di batangnya dengan lidah terjulur. Di dunia yang masih baru ini, semua tahu tentang sebuah musim saja, terang, gelap, petang dan pagi tiap harinya, dan segala yang terjadi di antaranya. Tak satu pun tahu tentang mati.

Tapi kita sama-sama tahu, 'jangan' adalah mantra pemikat dan Tuhan telah menggulirkan dadu. Memang ada tanda tanya yang berjatuhan seperti hujan di sisi kanan, tapi tak ada yang peduli.

Sementara, laki-laki, manusia pertama itu, tak terlihat di mana-mana. Sesosok malaikat melayang turun dan melaporkan dengan santun (sebelum ia berubah jadi cahaya yang meresap ke dalam layar), "Manusia itu berkeliling menamai tiap-tiap makhluk yang hidup: binatang-binatang dan susuannya, dan tumbuh-tumbuhan dan cikalnya."

Beberapa langkah sebelum pohon itu, perempuan ini belum lagi ada. Ia baru saja ada dan ia belum bernama.

Kata perempuan kepada ular: "Telah kulihat satu makhluk yang indah di kulit sungai yang beku. Di kepalanya ada surai yang berkilau. Di dadanya sepasang buah yang molek. Di pangkal kakinya segumpal semak berduri. Dan ia menatapku."

Jawab ular: "Itu adalah kamu. Tapi kamu tidak boleh tahu."

Tanya perempuan: "Apa yang aku boleh tahu."

Jawab ular: "Kamu adalah yang diambil dari laki-laki ketika ia tertidur. Kamu adalah bukan laki-laki."

Kata perempuan itu lagi: "Bahkan segala sesuatu di dalam taman ini bernama. Kenapa aku tidak?"

Jawab ular: "Karena laki-laki itu belum memberimu."

Malaikat lain turun dan meletakkan sejumput api di dada perempuan itu hingga tubuhnya gusar dan tak sabar.

Tapi laki-laki, manusia pertama itu, belum juga datang. Dari layar menjelma cahaya dan dari dalamnya terdengar suara. "Ia berada di puncak bukit, menyebut penjuru benda-benda langit dan menandai waktu terbit dan tenggelamnya. Sejak itu, manusia akan mengenal hari dan musim." (Sejak itu, kemarin akan terpenjara dalam kemarin dan hari ini cuma sebuah kotak yang sempit. Di dunia yang masih baru ini belum ada peti yang memuat cerita-cerita.)

Kata perempuan itu: "Aku belum lagi mengenal aku. Bahkan asalku pun aku tak tahu."

Ia menatap ke sepuluh jarinya. Tubuhnya mulai merasakan bingung. Di ruas-ruas jari itu tertulis "tanah," tapi ia tak ingat apa-apa tentang tanah. Di sana juga tertulis "rusuk," tapi ia cuma tahu beberapa langkah dari ada ke bawah pohon.

Ular tak menjawab. Ia turun dari pohon, melilit perempuan itu, dan mencium keningnya. Hidung dan bibirnya. Di dadanya, malam jatuh tiba-tiba. Di dadanya, sebuah badai menderu—seolah dari selatan. Panggung gaduh. Anak-anak angin merutuki daun-daun. Binatang-binatang lari kocar-kacir ke tepi. Sembunyi. Badai mendamparkan perempuan itu ke pokok pohon dan ia seketika buta.

Di balik matanya ular menjelma manusia—serupa makhluk di kulit sungai. Ia mendekat. Ia melekat: perempuan itu dan kembar siamnya. Tubuhnya ganda dengan bibir yang saling melekap, busung yang saling bertaut dan meradang dan kulit yang jadi basah.

Bulan separuh kuning dan tujuh bintang redup yang terbanting. Perempuan itu belajar dengan menyentuh hingga jerit meletar seperti petir yang terjepit di ketiak bukit. Lalu semua luruh. Tubuh dan buah-buah dari pohon kehidupan dan pohon pengetahuan tentang yang baik dan yang buruk.

Setelah itu, badai reda. Dan ular kembali melata. Perempuan itu tergeletak tak bergerak. Tapi kita sama-sama tahu bahwa ia tidak mati. Kita hanya tahu bahwa tubuhnya telah tahu.

Laki-laki, manusia pertama itu, tetap tak terlihat. Dari balik semak-semak, ular mendesis: "Sekali-kali kamu tidak akan mati."

Perempuan itu mendengar, dan terjaga dalam mimpi buah-buah pohon terlarang yang terserak di tanah. Seperti telur, kulit buah-buah itu retak. Dari dalamnya keluar malaikat-malaikat bertopeng malam. Masing-masing dengan aksara yang terukir di kening. Pelan-pelan mereka terbang dan membentuk gumpalan awan gelap. Lalu satu persatu jatuh seperti hujan. Di panggung, sebuah kubangan dari sayap-sayap patah terbentuk. Makin lama makin besar. Hingga terbentang laut yang kelam.

Perempuan itu mendekat dan melihat di kulit laut yang hitam makhluk yang indah. Di kepalanya ada surai yang berkilau. Di dadanya sepasang buah yang molek. Di pangkal kakinya segumpal semak berduri. Dan ia menatapnya. Tapi ia tak takut lagi, karena ia telah mengenalnya.

Dicelupkannya kakinya ke dalam laut dan laut membuka seperti lembar-lembar dalam buku yang terus-menerus membuka. Perempuan itu berjalan makin ke dalam dan ia merasa bungah. Sesaat sebelum terbenam, di dasar laut dilihatnya wajah Tuhan. Tanyanya:

"Apakah aku akan mati?"

Dari mulut ular yang tergambar di bulan, terlontar jawaban: "Sekali-kali kamu tidak akan mati. Tapi kamu akan tahu bahwa kamu akan mati."

Setelah itu cuma terdengar langkah laki-laki, manusia pertama itu, mendekat.

Di baris ke tujuh sebelah kiri, empat kursi dari ujung, Tuhan duduk dan menangis. Di tangannya tergenggam sebuah dadu. Pada semua sisinya tertulis: dosa.

Pagi di Taman

Kedua laki-laki tua itu duduk di bangku taman, bersisian seperti buku di rak yang reot. Angin mengusik rambut mereka yang abu-abu. Selembar koran bekas yang melayang-layang di atas rumput akhirnya mendarat di ujung sepatu mereka yang bundar. Tak satu pun peduli untuk menyingkirkannya. Keduanya masih mengenakan *overcoat* yang menenggelamkan tubuh. Matahari memang belum hangat. Musim dingin baru lewat. Pagi itu lamat-lamat terendus wangi ceri. Suara-suara kota mendesir di antara ranting dan daun-daun, lalu turun pelan-pelan di tepi kuping.

Tak ada yang bicara. Masing-masing sibuk memutar ulang gambar-gambar dalam kepala. Di bangku itu mereka menamakannya "kenangan"— segala sesuatu yang tertinggal. Seperti jejak pada debu.

Bertahun-tahun yang lalu, sulit membayangkan hari ini. Bahkan sekarang pun, rasanya masih aneh berusia tujuh puluh. Banyak hal telah berubah, banyak hal tetap. Mereka tetap bertetangga dan masih berbagi kopi di malam hari. Tiga hari sekali keduanya akan berbelanja ke pasar membeli roti, susu, daging, dan berbagai keperluan remeh harian. Tiap Rabu, mereka berjalan ke gedung pertemuan di sebelah kantor walikota, bermain *bridge* bersama orang-orang tua lain. Sesekali akan datang sekelompok anak muda yang memainkan musik untuk mereka. Anak-anak muda yang rajin ke gereja di hari Minggu dan penuh semangat menjawab, "Baik sekali!" jika kita bertanya, "Apa kabar?"

Apa kabar. Keduanya sudah lupa, kapan terakhir kali mereka saling menyapa dengan kalimat itu. Mungkin jika kita hidup cukup lama, hari-hari akan terasa sama. Kemarin, tiga hari lalu, minggu lalu, bulan lalu, bahkan tahun lalu, tak lagi amat berbeda dengan pagi ini. Waktu, jangan-jangan adalah segelas air yang menyapu segala yang pernah kita kecap—manis, pahit, asam, pedas, dan asin—dari lidah, meninggalkannya kembali hambar dan netral. Rasa jadi sesuatu yang begitu kini. Seperti *sandwich* Dom pagi ini.

"Aku lupa membeli keju lembar kemarin," lelaki itu menggaruk dagunya yang tak gatal. "Keju yang kumakan tadi sudah keras dan liat. Aku seperti mengunyah karet tipis, bukan roti lapis."

Sam terkekeh pelan. "Kita senasib," katanya, "aku lupa membeli pasta gigi. Semalam aku terpaksa menyikat gigiku dengan sabun cair."

Keduanya terbahak. Beberapa merpati yang sedang berjemur di dekat kaki mereka langsung terbang karena kaget.

"Sabun cair! Hahahaha… Bagaimana rasanya?"

"Seperti sup bikinan Mathilda!"

Mereka tertawa hingga terbungkuk-bungkuk.

Mathilda, Mathilda. Mathilda Mendez membersihkan rumah mereka. Ia datang seminggu dua kali. Perempuan gemuk yang selalu ceria dan rajin bekerja. Menyapu, menyingkirkan debu, membuang sampah, membersihkan kaca jendela, menjaga rumput di halaman agar tak terlalu tinggi, dan menjamin toilet tetap harum—adalah tugasnya. Memasak—bukan.

Tapi secara teratur, ia akan membersihkan isi kulkas dan memanfaatkan apa saja yang hampir kadaluarsa di dalamnya. Sebagai imigran dari negara miskin, ia merasa berdosa jika ada makanan yang dibiarkan membusuk. Meski begitu, ia bukan tukang masak yang baik. *Bacon* gorengannya selalu garing dan gosong. Omlet bikinannya selalu keasinan. Pasta kreasinya (Dom dan Sam kesulitan mendefinisi apa sesungguhnya yang dibuat Mathilda) terasa seperti obat sakit tenggorokan.

Tapi tak ada yang mengalahkan supnya. Kedua laki-laki itu selalu pucat jika Mathilda menyuguhkan sup masakannya di meja: cairan bening berwarna kekuningan dengan potongan sayur dan berbagai hal yang berhasil ditemukan perempuan itu di lemari pendingin. Hal-hal yang tak wajar berada dalam sup. Sobekan roti (yang sudah membesar dan sedikit hancur karena basah), cacahan bawang, potongan mie, gilingan kacang, bahkan butiran kismis dan plum.

Selain berbau sangit, entah kenapa, sup itu selalu membuat Dom teringat pada kencing kuda. Sam menyebutnya 'racun dari neraka'. "Mungkin ia memang ingin meracuni kita," selorohnya.

Tapi mereka tahu, Mathilda berhati emas dan tak mampu membunuh seekor semut sekalipun. Ia hanya perempuan yang baik dengan maksud mulia—kombinasi yang membuat bahkan orang tua tak sabaran seperti Dom dan Sam sekalipun tak tega menyakiti hatinya. Mereka hanya bisa menabahkan diri, menyuap sendok demi sendok makanan itu di depan Mathilda yang berdiri menunggui dengan senyum senang. Sup Mathilda adalah salah satu hal yang membuat Dom dan Sam semakin merasa senasib sependeritaan.

"Sudah, sudah," Sam memegangi perutnya yang sedikit kejang. Dengan punggung tangan, ia menyeka air mata di pipinya yang sekusut kain lupa digosok. Ia selalu begitu jika terlalu geli. "Kita tak berdaya tanpanya."

"Aku tahu," Dom masih terkekeh, berdiri meluruskan kaki.

Ia menjumput koran di ujung sepatunya. Halaman iklan. Matanya tertumbuk kolom obituari, pada sebuah nama yang ia kenal. "Hei! Kau ingat Monk? Ia meninggal minggu lalu!" Disorongkannya lembar tadi pada Sam yang lantas memicingkan mata, berusaha membaca huruf-huruf yang tercetak kecil-kecil itu.

"Oohhhh….," ujarnya. Entah apa maksudnya.

Di hari-hari ini, berita kematian tak lagi mengejutkan dan membuat sedih. Berbeda dengan belasan tahun lalu ketika semua yang ia kenal masih ada. Berbeda dengan tujuh tahun lalu ketika Doris meninggalkannya. Doris yang tabah akhirnya menyerah kalah pada penyakit yang menggerogoti paru-parunya. Sam mengembalikan koran tadi ke Dom yang melipatnya dengan rapi, mengepitnya di ketiak, dan kembali duduk.

Sekali lagi kesunyian hadir di antara mereka berdua seperti orang ketiga—sosok asing yang tak pernah bisa mereka akrabi.

Di hari Doris pergi, kesunyian yang sama pelan-pelan datang, menempati kursi yang biasa ia duduki di meja makan, berlutut di samping rumpun mawar di halaman depan, mengisi sisi kosong di tempat tidurnya, berdiam di sofa di mana Doris selalu menghabiskan sore sambil merajut. Meski tanpa bentuk dan wajah, Sam tak pernah gagal mengenalinya.

Sam tak lagi sedih. Ia tak bisa mengatakan kapan tepatnya rasa itu hilang. Tak seperti luka yang dalam, kesedihan pergi tanpa bekas. Mengingat Doris hari ini hanya sanggup sedikit menghangatkan ruang yang makin lama makin kecil dalam hatinya. Tapi kesunyian itu tinggal makin jelas. Dengan suara yang makin lama makin keras. Kadang begitu nyaring, hingga ia tak lagi bisa mendengar apa-apa. Seperti baru saja. Dom menggamitnya. Sam terlonjak kaget. "Aku bilang, Monique tak akan datang di hari ulang tahunku nanti," ulangnya lantang. Sam menggerutu, "Aku tidak tuli." Dom tak peduli.

"Ia menelponku tadi pagi," lanjutnya, "ia bilang, Kiki sakit gigi."

Kiki adalah anjing Monique. Monique anak Dom satu-satunya. Ia tinggal di kota sebelah yang berjarak tempuh sekitar dua jam saja dengan mobil. Dom mencintai Monique. Monique mencintai Kiki. Sebuah hubungan segitiga yang agak rumit.

Natal tahun lalu, ia tidak datang karena Kiki terserang gatal-gatal. Dokter hewan bilang, anjing peking itu alergi terhadap udara dingin. *Thanksgiving* tahun ini juga terpaksa dilewatkan Dom hanya bersama Sam, karena kuku Kiki patah ketika ia mengejar rubah di halaman belakang. Lain kali, Monique bilang, anjingnya itu kena selesma, hingga ia tak bisa menemani Dom pergi ke dokter memeriksakan rematiknya yang kumat berkala.

"Aku baru tahu kalau anjing bisa sakit gigi," ujar Sam. Dom cuma mengangkat bahu. Ia juga, tapi tak ingin lebih jauh mencari tahu. Sesuatu di dalam hatinya melarangnya melakukan itu. Dom tetap ingin percaya bahwa Monique memang tak bisa datang karena alasan-alasan yang dikatakannya. Karena itu ia hanya diam ketika kunjungan-kunjungan yang awalnya sebulan sekali, kemudian berkurang jadi empat bulan sekali, lalu setahun sekali. Monique selalu minta maaf. Dom selalu memaklumi. "Tak apa, sayang. Aku mencintaimu."

Sekarang, sudah tiga tahun Monique tak pulang. Dom cuma bisa menyimpan rindunya.

Ia simpan rindu itu di kotak sepatu di dasar lemari. Sesekali, jika ia benar-benar kesepian, laki-laki tua itu akan menarik kotak itu dari tempatnya yang gelap, dan mengeluarkan isinya satu-satu: surat-surat, kartu-kartu ucapan, foto-foto keluarga lama yang sudah menguning, ijazah-ijazah usang, dan cincin pernikahan yang tidak pernah dipakainya lagi semenjak Cecile meninggalkannya dan bayi enam bulan mereka untuk pergi bersama seorang gitaris *rock*, entah ke mana.

Dom tak pernah berhenti mencintai Cecile. Ia cuma berhenti mendengarkan musik.

Sam melirik sahabatnya. Ia tahu apa yang sedang dipikirkan Dom. Pelan ia menepuk lututnya. "Tentang ulang tahunmu," ujarnya dengan suara ceria yang sedikit dipaksakan, "kita buat pesta. Kita undang semua teman kita biar meriah!"

Dom menghitung dengan jarinya. "Kamu lupa, teman kita tinggal tiga."

Sam tersenyum. "Aku tahu."

Keduanya tertawa.

"Baiklah. Kita bikin pesta sampai pagi. Aku akan minta Mathilda memasak untuk kita!"

Keduanya terbahak-bahak, tak peduli pada pandangan aneh ibu-ibu yang mulai datang dengan kereta bayi dan anak-anak yang sibuk berlari-lari.

Matahari makin tinggi. Bayangan-bayangan makin pendek. Dom menengok arloji tua di tangan kanannya. "Jam sepuluh. Mau kopi?" Lewat ekor matanya ia melihat anggukan Sam. Keduanya berdiri, pelan-pelan melangkah meninggalkan taman. Di ujung jalan sudah terlihat papan suram bertuliskan "Sebastian Coffee".

Papan itu telah berada di sana sejak—entah.

Pesta

1.

Lychee Martini untukku. Vodka Tonic untukmu. Aku mengangkat gelas, memandangmu lewat tepinya yang bening. Cahaya jatuh temaram menyapu rambutmu, menyapu wajahmu, menegaskan tiap garis dan lekuknya yang indah. Hatiku hangat. Sayang, mari bersulang. Untuk apa, tanyamu. Aku berpikir sejenak. Benarkah perlu alasan untuk bersulang? Kamu cuma mengedikkan bahu. Baiklah. Untuk hari keseratus dua puluh tujuh kita bersama.

Kamu tertegun, tanpa suara. Matamu melesat melampaui kepalaku. Terdiam. Menerawang. Gelas itu tergantung di depan bibir. Begitu saja. Sial. Aku tahu ke mana kamu pergi. Maka segera kutenggak cairan manis yang memabukkan itu. Hingga tandas. Kampungan, desismu. Masa bodoh. Aku telah berhasil membawamu kembali. Aku bersendawa. Keras. Kamu panik. Dengan sembunyi-sembunyi kamu melirik ke kanan kiri, mencoba meyakinkan diri tak ada yang mendengarku. Aku terbahak.

Kenapa? Malu? Betul. Aku memang kampungan. Dan, ya, aku ingin mabuk. Supaya bisa melupakan barang sejenak ketidakmampuanmu memilih: dia yang *sophisticated*, atau aku yang kampungan.

2.

Punggung itu begitu indah. Sungguh. Terpampang di atas lipatan *backless* Martin Margiela yang memunculkan sedikit belahan pantat, punggung itu membuatmu terpaku. Tak sanggup berpaling. Dan jarinya. Jari-jemari lentik yang bertengger cantik di atas lutut itu memang mengagumkan. Aku mengagumi ketabahannya menghabiskan jam demi jam untuk merawatnya hingga bisa tampil begitu— tunggu, aku kehilangan kata—jari-jari itu terlihat begitu….mulia. Ya. Mulia.

Kurasa dia tahu benar bagaimana memuaskan matamu.

Dengan anggun dia menyilangkan kaki Jimmy Choo-nya, membiarkanmu duduk di dekatnya, di tangan sofa yang tersisa. Ia melirikmu sedikit. Sedikit saja cukup untuk membuat hatimu jungkir balik. Lalu dengan tak peduli ia kembali berpaling, pada wajah-wajah lain yang mengelilinginya dengan pandangan ingin dan iri. Kamu, cuma bisa diam di sisinya. Obrolan mengalir secair alkohol dalam gelas-gelas bening. Kamu bertahan pada satu yang kamu pegang dengan ringkih di tangan kiri.

Tawa genit menggaung di udara yang penuh dengan celoteh Kanye West. Gosip yang pahit mengendap di pangkal lidah. Kegembiraan mencecap meruap, bercampur dengan wangi Bvlgari dan Hermés. Apakah dia gay? Terakhir ketemu di Milan, lagi *nongkrong* sama *laki*nya di Corso Como. Cerita lama. Pasti masalah *dutrek*. Si anu mau *divorce*, lho. Tidak, tidak. Pacar barunya perempuan juga. Tentu. *Jelongan*nya. Apa lagi? Si itu kan lagi naik daun. *Ulet*, kali. Lukisannya paling murah seharga tas Birkin. Yang *croco*, lho, jangan salah. Betul. Dia sudah dikontrak galeri itu buat dua tahun. Sudah, jangan *ngiler*. *Duding-duding* di rumah *ijk* yang baru aja, yuk. Arsiteknya mas ini, dong. Dia kan paling *hits* sekarang. Naksir? *Ijk* juga. Dulu. Tapi dia sudah punya selingkuhan. Kasian deh lo....

Gelas kedua. Lalu ketiga. Lalu entah. Hitungan tercecer di antara remah-remah *hot fashion items* dan perselingkuhan yang tersaji elegan bersama *cocktail* demi *cocktail*.

Tapi pagi masih baru. Dua puluh menit lewat tengah malam. Masih banyak waktu untuk penabur pasir sebelum tiba di sini dan mengantar kantuk padamu. Kubiarkan kamu mengembara dalam mimpimu yang kering. Mabuk. Kamu hanya perlu mabuk untuk berenang dalam kubangan *crème de la crème* itu. Tapi setiap pesta akan berakhir. Cahaya *glamour* itu akan meredup. Kamu harus pulang. Akhirnya. Pulang. Bukan pergi.

Jauh di tepi hari cintamu akan terlunta-lunta mencariku. Kehausan dan kesepian. Tanpa malu kamu akan datang menjilati kakiku— seperti Minnie, *beagle* mini kesayanganmu— mengemis sedikit tempat di sela payudara dan paha. Kamu akan basah dan tumpah. Bahkan tanpa bersusah.

Kurasa aku tahu benar bagaimana memuaskan nafsumu.

3.

Orang bilang, saat paling gelap dalam seluruh hari adalah menjelang fajar. Detik-detik terakhir sebelum terang datang. Buatku: mimpi. Hitam. Mimpiku selalu hitam. Tanpa warna. Hanya pekat yang berlapis-lapis tanpa gradasi. Begitulah. Seusai pesta, maupun tidak.

Kenapa, tanyamu. Tak tahu, jawabku. Mungkin mimpi memang bukan bunga. Bukan juga surga. Aku bergelung berjaga, mendekap tubuh yang penat dan renta. Kamu duduk menepi. Menatapku dengan matamu yang sepi. Hujan belum lagi lalu, tapi dinginnya telah lama pergi mengejar malam. Malu-malu tanganmu terulur membelai mataku yang enggan mengalah. Kamu menunduk dan menggesekkan ciuman lembut di telinga. Jangan takut, desahmu. Tidurlah, karena aku akan menjelangmu.

Aku terpejam, dengan kesadaran penuh menyiksa. Kamu mendekat. Membebat. Mendesak. Melesak. Jauh ke dalam. Napasmu menyesak. Menyesaki ruang-ruang sempit dalam diriku. Di tanganmu, aku tergenggam— sebening kosong yang lalu luap. Aku tahu, kamu telah datang.

Dalam mimpiku yang hitam, kamu menjelma biru.

4.

Apa yang ditatapnya? Dengan berlama-lama? Sepuntung rokok yang terjepit di antara jarinya telah pelahan jadi abu, tanpa sempat dihisap. Asap melingkar-lingkar naik menyongsong cahaya lampu yang redup dan nyaris lenyap ditelan gelap. Di atas meja, gelas-gelas penuh dan setengah penuh menciptakan embun. Menetes-netes. Menerakan jejak-jejak basah pada muka meja yang halus.

Ia bergerak menggamit perempuan lain di sebelahnya, mengedikkan dagunya ke satu arah. Mata perempuan itu mengikutinya, lalu mereka berdua menatap. Berlama-lama. Tubuh mereka kaku. Seperti beku. Tapi bukan karena dingin, tentu. Meski mesin pengatur suhu udara bekerja dengan baik, mereka seolah telah kebal. Mungkin karena berkulit tebal. Bahu mereka tetap terbuka. Paha mereka tetap telanjang. Musik tetap berdenyut, mengambil alih percakapan yang terhenti di udara.

Lalu?

Dia mengangkat satu kaki. Akhirnya. Menyandarkan punggung yang sebentar tegang. Abu rokok berjatuhan mengotori pangkuannya. Dia tak peduli. Gelang di tangannya berbunyi dengan gemerincing lemah. Matanya masih terpaku di sana. Babi. Dia mengumpat. Anjing. Dia mendesis. Babi. Anjing. Babi. Anjing. Babi. Anjing.

Di ruang itu tak ada seekor pun babi maupun anjing. Hanya manusia dan manusia yang berdandan cantik dan berbau seharum kembang setaman. Tapi di ujung benang maya matanya melekat sepasang manusia, lelaki dan lelaki, yang saling menggenggam dengan mesra. Mata mereka tak pernah lepas satu sama lain. Wajah mereka tak pernah berjarak lebih dari dua setengah senti, seperti magnet beda kutub yang saling tarik dengan kuat. Lelaki-lelaki, yang ternyata adalah babi dan anjing yang menjelma manusia, memaksa perempuan ini menenggak habis minumannya. Dan minuman-minuman lain yang ada di meja.

Ketika akhirnya mereka berciuman, perempuan ini menangis.

5.

Mereka berciuman. Di menit ke lima puluh lima selewat pukul satu. Di antara gelak tawa yang nyaris histeris— entah karena mabuk, entah karena bukan. Udara berat oleh asap yang pekat. Mata-mata itu hampir terkatup, menggantung setengah lingkaran di atas kantong-kantong yang kelabu. Kata-kata berceceran di lantai yang keruh setelah lelah jadi mantra pemikat. Separuh isi kota telah terkunyah seperti sirih. Korban-korban pergunjingan bergelimpangan tak berarti lagi. Basi.

Sepertiga Tokyo telah dijelajahi. Kota nun jauh di sana itu telah jadi sedekat RT sebelah. Tinggal sedikit yang tersisa, karena setiap lekuk telah tertera. Daikanyama. Shinjuku. Roppongi. Omotesando. Aoyama. Ginza. Lengkap dengan gang-gang kecil dan setiap gerai *fashion* dan *concept store* yang menempel padanya. Bape. Beams. Huhh... Lebih seru Underground! Tidak. Minä Perhonen. Tidak, tidak. Mihara Yasuhiro. Atau N Hoolywood? Tapi kamu harus lihat Yohji. Issey? Bolehlah.....

Tapi musik berdentum makin keras, makin cepat, menghentak tubuh-tubuh yang tak mau lelah. Bulan yang datar mengerang menghardik dari langit yang gelap. Ayo bergoyang. Telah kupinjamkan malam padamu untuk berpesta. Jadi jangan berhenti. Menggila. Menggilalah. Selagi bisa.

Maka tubuh-tubuh itu bergoyang. Berpeluh. Berdesah. Berdetak serentak. Berguncang. Mengencang. Mengejang. Berpelukan. Dekat. Rapat. Erat. Lalu tak ada satu tubuh pun yang melayang bebas, karena semua saling melekat.

Mereka berciuman. Di menit ke lima puluh lima selewat pukul dua. Perempuan ini dan laki-laki ini. Laki-laki ini dan laki-laki itu. Laki-laki itu dan perempuan itu. Perempuan itu dan perempuan lain. Perempuan lain dan laki-laki lain. Laki-laki lain dan aku. Aku dan imajinasi. Imajinasi dan mimpi basah.

Don't be shy. Ini cuma sebuah *hyper-reality* yang menyenangkan.

6.

Lelah? Tanyamu. Perempuan itu tak menjawab. Matanya terpejam. Kepalanya terdongak ke belakang. Lewat bibirnya yang terbuka sedikit, aku bisa mendengar dengkuran pelan. Lucu, seperti anak babi. Kakinya terentang lebar— masih menempel pada *high heels*— menampakkan celana dalamnya yang berenda biru. Kamu tersenyum, mengangguk, seolah dia telah memberi jawaban yang manis.

Lelah? Tanyamu pada perempuan lain lagi. Dia terkulai jengah. Ngantuk, katanya. Kepalanya tersandar pada punggung sofa. Lalu ia menguap, lebar dan nyaring. Rupanya aku bukan satu-satunya yang kampungan di sini. Tubuhnya terpuruk di sana, terlipat dan tertekuk tanpa bentuk. Lemak pada perutnya menggelambir. Menggayut di tepi dadanya yang tak lagi muda. Sungguh, ia tak secantik empat jam yang lalu.

Lalu kamu berkeliling, melempar tanya simpatikmu pada setiap perempuan yang kamu jumpai. Yang terkapar di sana-sini. Sungguh. Ruang ini serupa sebuah medan perang. Dengan senjata tubuh-tubuh indah dan lidah. Dengan amunisi cairan beralkohol dan gosip yang seringkali keji. Dan kamu. Kamu adalah petugas palang merah yang budiman. Dengan lampu minyak di tangan. Bertanya. Satu demi satu. Seperti Pak Guru yang rajin mengabsen. Mereka mencibir, melengos, paling baik jika membisu. Bodohnya kamu. Mereka tak peduli. Bukan. Bukan karena mabuk. Cuma tak peduli. Aku berteriak di telingamu yang masih tuli oleh sisa gelak tawa. Bodohnya aku. Karena tetap menanti. Hingga akhirnya kamu mendekat, merengkuhku.

Lelah? Tanyamu. Aku tersenyum. Tulus. Tidak, jawabku. Aku cuma mabuk. Padamu.

7.

Jangan. Jangan air putih. Segelas wiski lagi masih tak apa. *More. More.* Dengan patuh kamu menuangkan minuman itu ke dalam gelasnya. Dia menghabiskannya dalam sekali tenggak. Aku harus mabuk sebelum pulang, katanya. Hhh? Bukan 'pulang sebelum mabuk'? Ia menggeleng. Tidak. Tidak. Kamu tahu, aku harus mabuk. Kalau tidak, aku takkan bisa menghadapi suamiku. Laki-laki itu, perempuan itu tertawa getir, begitu menjijikkan. Entah kenapa dulu aku mau kawin dengannya. Karena uangnya mungkin? Aku bertanya lagi. Dia menerawang. Lalu mengangguk-angguk. Mungkin. Mungkin. Ia menggumam pelan.

Tuhan Maha Adil. Perempuan yang demikian indah ini ternyata demikian bodoh.

8.

Di pagi yang masih dini ini ingin kukatakan padamu kalau aku mencintaimu. Dengan sungguh. Dengan penuh. Meski dengan muka sekucel bungkus gorengan. Dengan rambut sekusut sarang burung. Dengan tubuh selunglai benang basah. Dengan napas seharum rendaman kain pel. Dan gigi yang berlapis sisa makanan. Dengan asam yang meruap dari ketiak. Dengan mata sembab dan kemaluan yang lembab.

Tapi sesuatu yang tak kutahu telah mengelukan lidah. Hingga cuma bisa bisu. Aku mencoba berdiri, tertatih-tatih. Dengan kesadaran yang limbung, berusaha merengkuhmu. Kamu mematung. Membelakangiku. Memandang jauh hingga ke tepi langit. Sepenuh kota masih tertidur. Mimpi, tipis-tipis menguap melalui celah-celah sempit di antara atap.

Matamu merenungi bulan yang menggelincir pergi. Dan matahari yang memanjat naik. Udara seperti selimut dingin yang memerindingkan kulit. Kamu bergidik, lalu berpaling. Tersenyum. Dan memapahku pergi dengan langkah yang tak lagi berat.

Mari, bisikmu, kita pulang.

Publication History

Perfect	Sempurna	*Koran Tempo*, January 30, 2011
Butterfly	Kupu-Kupu	*Gramedia Pustaka Utama*, 2011
The First Woman	Perempuan Pertama	*Koran Tempo*, Maret 28, 2010
Morning in the Park	Pagi di Taman	*Gramedia Pustaka Utama*, 2011
Party	Pesta	*Andramatin Publication*, 2009

The Translators

Marjie Suanda

Marjie Suanda came to Indonesia in 1976 with a scholarship from the Center for World Music in Berkeley, California to further her studies of Javanese traditional dance. And she stayed…

Marjie has a master's degree in English from the University of Washington, and over the years has taught and been an examiner of academic English. During the period of *Reformasi*, following the fall of former president Soeharto, she became deeply involved in civil society and worked as a program officer for Ashoka Indonesia for ten years. She began translating essays for visual artists in 1997 and now keeps busy translating articles for *Tempo English*, as well as short stories, poetry and novels for Lontar, Gramedia, and other Indonesian publishers. Marjie lives in Bandung with her husband, ethnomusicologist Endo Suanda.

Lydia Kieven

Lydia Kieven obtained her PhD degree in Southeast Asian Studies at the University of Sydney and is an expert in ancient Javanese art. Her book, *Following the Cap-figure in Majapahit Temple Reliefs*, was published by Brill (Leiden) in 2013, followed by its Indonesian translation *Menelusuri Figur Bertopi dalam Relief Candi Zaman Majapahit*, by École française d'Extrême-Orient (Jakarta) in 2014. She has taught Indonesian language at German universities and institutes since 2003 and frequently lectures on Javanese culture and art at the universities of Bonn, Frankfurt, Heidelberg and other institutions. In recent years she has been involved in activities surrounding the revitalization of "Panji-culture" as a form of local wisdom in East Java.

INDONESIA

KALIMANTAN

Kalimantan, one of Indonesia's last untamed frontiers, is the Indonesian part of the island of Borneo, which is the third-largest island in the world. The natives of Kalimantan are famed for their highly developed plaited arts, especially basketry and mats. A stylized tree of life is a common motif found throughout the region.

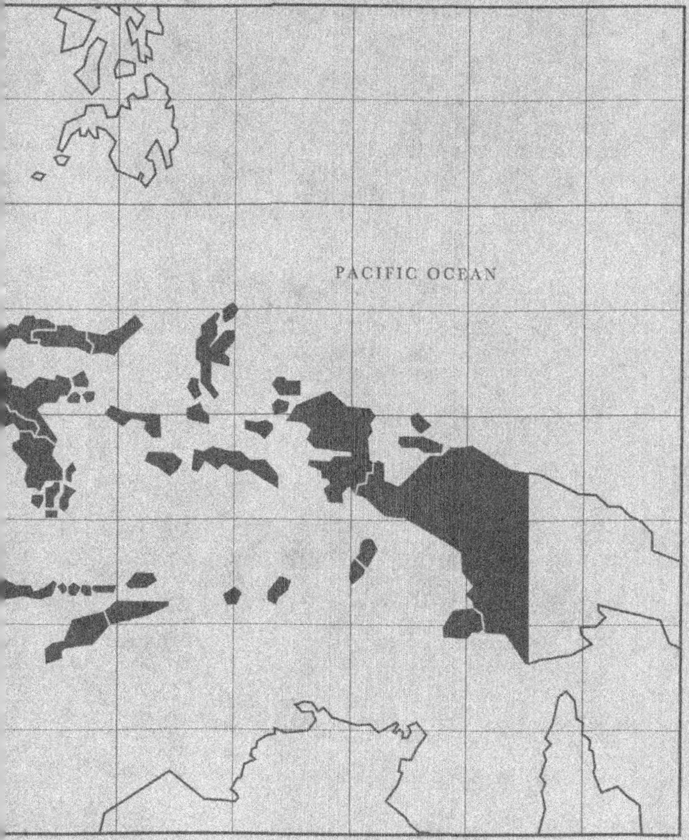

PACIFIC OCEAN